CARAMBAIA

ilimitada

Ercilia Nogueira Cobra

Virgindade inútil
Novela de uma revoltada

Biografia de uma revoltada
MARIA LÚCIA DE BARROS MOTT

Posfácio
GABRIELA SIMONETTI TREVISAN

7 Nota à edição

9 **Virgindade inútil**
Novela de uma revoltada

109 Biografia de uma revoltada,
por Maria Lúcia de Barros Mott
164 Posfácio,
por Gabriela Simonetti Trevisan

Nota à edição

Para esta edição, utilizamos como base a versão do livro publicada pela própria autora em 1927 e reproduzida integralmente em *Visões do passado, previsões do futuro* (introdução e notas de Susan C. Quinlan e Peggy Sharpe. Rio de Janeiro: Tempo Brasileiro; Goiânia: Editora da UFG, 1996).

Além de atualizações ortográficas e correções de erros tipográficos, mantivemos as liberdades gramaticais e a pontuação original do texto, mesmo nos casos em que o uso da vírgula se apresenta de forma anacrônica. Correções foram feitas apenas quando o entendimento do texto se achava comprometido.

Virgindade inútil
Novela de uma revoltada

Uma frase que nada tem com o livro mas que é uma bela lição de solidariedade humana:

> Todos nós que enriquecemos devemos larga parte dos nossos sucessos aos humildes que conosco colaboraram. E à proporção que vencemos vamos constituindo uma dívida que precisamos e devemos saldar em serviços sobretudo de assistência social.
>
> – Guilherme Guinle

OBSERVAÇÃO

Sou obrigada, no correr deste livro, para clareza do assunto, a usar de expressões que o vulgo ignaro, semianalfabeto, cuida imorais.

Tenho observado que o falso sentimento de pudor, que fez do ato do amor uma vergonha para a mulher, é um sentimento medieval, criado pelo misticismo dos sacerdotes, que, ignorantes como eram, nada entendiam de fisiologia e não ligavam a devida importância à nobre função do amor. O amor físico é tão necessário à mulher como o comer e o beber.

Se assim não fosse a natureza criá-la-ia neutra: sem sexo e sem imaginação.

A repressão dos instintos femininos, as injúrias e anátemas que pesam sobre as que se não sujeitam ao perverso e imoral sequestro, conseguem apenas criar o lenocínio, o infanticídio, a caftinagem e a prostituição.

O aviltamento da mulher que teve a audácia de buscar prazeres fora do lar doméstico e satisfazer ao acaso das suas aventuras um desejo que os homens satisfazem sem empecilhos, quando e como lhes apraz, ainda não deu resultados práticos. A pecha de perdida e adúltera pela sociedade lançada contra as rebeldes não conseguiu diminuir-lhes o número.

E a razão disto é simples.

Os mamíferos são polígamos por natureza e jamais haverá leis que consigam impedir-lhes os instintos de se manifestarem.

Ficai certos, ó açambarcadores do gozo que vos chamais homens, quando devíeis chamar-vos monstros — a vítima imbele que pensais segurar com vossas mãos, quanto mais cuidais que a tendes manietada, mais se liberta. Vossas cadeias são insuficientes.

A natureza prega-vos a mais deliciosa peça que pregar se pode a um tirano.

Impedis que ela receba no templo as oblações naturais? Mas a imaginação fica livre e os botões sabem fremir de gozo à leve carícia de um dedinho!...

As vossas leis iníquas só conseguem criar vícios contra a natureza.

Não pretendo descer à patologia sexual citando as viciosas donzelas que se excitam mutuamente ou se ferem servindo-se de objetos que provocam doenças terríveis.

Por causa destes fatos e por outros que seria ocioso citar, os países *leaders* da civilização, condoídos da sorte miserável da mulher, começam a quebrar as algemas que lhe acorrentam os pulsos e cada vez mais lhe deixam as mãos livres para o trabalho, única fonte de felicidade na vida.

Cedo ou tarde há de cair o preconceito de que a mulher não é de carne e osso como os demais mamíferos, tendo como eles um aparelho sexual com as mesmas exigências.

A vida de galé que a mulher tem levado até hoje há de acabar!

O seu corpo martirizado de desejos insatisfeitos será livre. A inominável perversidade que a lança faminta aos prostíbulos para servir de pasto à concupiscência bestial do macho há de ter fim.

INTROITO

Um pouco de geografia e história da República da Bocolândia.
Capital: Flumen.
Superfície: 8.550.000 km².
População: 20.000.000 de bocós.[1]
País fértil, cortado de rios, banhado pelo Atlântico numa extensão de 7 mil km, mais ou menos. Isto quer dizer que é um país de costas largas...

Solo riquíssimo capaz de produzir os mais variados produtos agrícolas, mas os bocós preferem cultivar o analfabetismo, o amarelão e o jogo do bicho.

Entre as aves a mais notável é o águia.

A população está dividida em três castas: a dos açambarcadores, chamados também, por antonomásia, piratas; a dos capangas, mantenedores do status quo; e a dos que mourejam e pagam o pato.

---

1 Na edição da obra que se encontra na Biblioteca Nacional do Rio de Janeiro, datada de 1932, o número é de "40.000.000 de bocós". [TODAS AS NOTAS SÃO DESTA EDIÇÃO.]

A religião seguida é interessante, porque consiste em fazer exatamente o contrário do que manda o Evangelho em que se baseia.

A rolha é um ingrediente muito usado no país. Ai do bocó que ousa dizer o que observa! Os capangas que fazem escolta aos águias caem em cima dele e acusam-no de estar difamando a pátria. Porque os capangas confundem pátria com o punhado de piratas que a exploram.

O analfabetismo é mantido de propósito a fim de que o povo se conserve em permanente estado de estupidez, e na cegueira de um medievalismo inconcebível no século XX.

Os leitores já adivinharam que a Bocolândia não é pseudônimo nem da Argentina, nem dos Estados Unidos.

I

Cláudia é ainda meninota. Pertence a uma dessas famílias do interior que aparentam fortuna e onde o valor da mulher é igual a zero.

O pai, um estroina, casou-se com o dote da mulher, e depois de o ter dissipado em farras, morreu, deixando-lhe apenas seis filhas e dois filhos, segundo o louvável hábito dos povoadores a todo o transe.

Dos filhos não trataremos. Basta dizer que eram homens, foram educados como homens, isto é, no trabalho, a fim de poderem ser independentes e portanto felizes.

Falaremos das filhas.

Cláudia, a mais velha, tem 14 anos. Já sabe colorir as faces com ligeira camada de carmim. Mas depois jura às amigas que o rosado é natural. Morde os lábios de meio em meio minuto para fazê-los úmidos e rubros.

De coisas práticas não entende patavina, pois foi educada num colégio de irmãs.

Ensinaram-lhe a história dos judeus, fizeram-na decorar o catecismo, obrigaram-na a ir de madrugada e em jejum calejar os joelhos na igreja. E ao fim de oito anos de clausura devolveram-na para casa tão ignorante como ao entrar, porém mais cheia de superstições e nervosa.

De natureza muito inteligente, habituada a observar, a menina Cláudia nada perde do que se passa ao redor de si. Guarda o resultado das suas observações lá no recesso do seu íntimo, conservando na limpidez dos olhos verdes o brilho perfeito da inocência.

Na cidadezinha onde vive, o seu campo de observação é restrito; não há novidades. Mesmo assim, uma ou outra vez, Cláudia atenta em fatos em desacordo com aquilo que lhe ensinaram no colégio. Vai tirando a prova de que, a começar pelo pregoeiro que do alto do púlpito lança a palavra de Deus, todos agem em desacordo com tal palavra.

As outras irmãs seguem pela mesma trajetória. A mesma educação inepta, o mesmo espelho da manhã à noite, a mesma futilidade.

Pensar em coisas úteis, para quê? A mulher foi feita para ser o anjo do lar. É crescer e esperar pelo lar, não descurando do dote que o "galo" exige para fecundar as "frangas"...

E enquanto esperam pela hora de serem colhidas, malham no teclado do piano, fazem as suas aquarelas delambidas, gastam quanto cetim há na vila em almofadas. E... olham-se ao espelho.

De arte, de ciência, de trabalho útil, nada.

Não é a mulher apenas um ente reprodutor? Uma espécie de autômato que só se move nos momentos em que a sociedade exige? Não é completamente insensível, mera portadora de um órgão que só pode funcionar quando a religião dá ordem e quando a sociedade autoriza? Para que instrução sólida? Matemática, línguas, profissão liberal: bobagem! A mulher nasceu para escrava. Nada de encher a cabeça das meninas com coisa inútil às escravas. Onde já se viu alfabetizar escravas? Para longe a educação americana! Isto é coisa de protestantes. Moças bocós, católicas, apostólicas, romanas, devem ser bem incultas. Para isso aí estão os colégios de irmãs: para manter bem vivas nas futuras mães a tradição dos hebreus, povo nascido para a escravidão, como disse Tácito. A mulher foi feita para agradar ao homem e, pois, não deve igualar-se a ele. Seria uma desgraça. Acabar-se-ia a pagodeira. As vítimas abririam os olhos.

Mas se por uma reviravolta da fortuna a moça encontrar-se só e abandonada no mundo? A que poderá recorrer para *se tirer d'affaires*?[2] Como poderá viver, se não tem profissão?

Ora, viverá do seu corpo. Recorrerá ao bordel. Na Bocolândia pode faltar tudo ao povo, menos o bordel para as moças famintas e a roda para as crianças abandonadas.

Honra seja feita à Bocolândia! A cidade mais insignificante do interior tem sempre o seu bordelzinho. Tão natural isto!

A mulher não foi feita para dar gosto ao homem? Pois, quando não tem dote para comprar marido, nem vocação para solteirona, que se recolha a um conventilho.

E o futuro? Objetarão alguns.

Futuro!

Quem pensa em futuro de escravas?

Quando ficar velha tem o suicídio.

Se adoecer, há o hospital.

Todos sabem que em matéria de hospitais a Bocolândia está admiravelmente aparelhada. Não morre um rico que não deixe legado para um novo hospital. A Bocolândia é um vasto hospital...

---

2 Em francês, no original: "se sair bem", "se virar".

II

Voltemos a Cláudia.

Lá está ela encostada à grade do jardim, conversando disfarçadamente com um rapaz. É pobre esse rapaz, e por isso não o admitem em casa. O avô, escaldado com o que lhe aconteceu à filha, só dará a neta a homem de fortuna. Toca pois a esperar que o nababo apareça. Não é fácil. Homens bem colocados e independentes são escassos e pouco amigos de casar.

Cláudia tem muitos pretendentes, pode escolher – é rica, ou pelo menos tem fama disso. Entre os candidatos ao seu dote o mais querido do avô é um médico. Mas não se decide nunca. Homem finório, quer ter a certeza do dote, conhecer-lhe o quantum. Demais, está, como se diz, entre a cruz e a caldeira, sendo a cruz a Joaninha Matos, uma pequena de 15 anos, de feiura que promete, mas cujo pai é incontestavelmente o mais rico fazendeiro do lugar.

O médico, homem gasto, só pretende uma coisa: casar com um bom dote para gozar boas francesas.

As francesas constituem, depois que ele sai do escritório, a grande preocupação do seu espírito. Sem negar a beleza de Cláudia, ele acha com seus botões que ela não é o seu tipo. Enfim, para casar serve...

Mulher para ele, está provado, é a francesa. É essa mulher ousada que aborda os homens nos bares, chama-lhes *mon chéri*, esfregando-se toda, e depois de ingerir meia dúzia de copinhos os leva para seus aposentos e lá os estonteia, os despe, os rola na cama e, a fingir-se excitada, com gritinhos e desmaios langues, os "ama" à francesa, calculando pela qualidade da roupa a importância do *miché*[3].

Cláudia! Sim, muito boa, pois além de trazer dinheiro lhe servirá de governanta da casa. Quando se sentir exausto da farra terá um remanso onde passar as noites.

Só para isto.

Ah! e também lhe dará filhos que o consolarão na velhice...

III

Dois anos se passaram. Cláudia ainda não foi pedida. Correm insistentes boatos acerca dos negócios do avô. E enquanto os boatos correm, a verdade vai se lhe revelando na sua realidade tristonha. Cláudia lê romances: histórias melífluas onde tudo é falso. Falsas generosidades, amores impossíveis de existir. Mas sua imaginação de mocinha inexperiente tudo aceita com a corrente da vida. Assim, os momentos preciosos que podia aproveitar em estudos sérios, formadores de alicerces para uma vida autônoma, são sacrificados

---

3   Em sua origem, em francês, o termo se referia também ao cliente que paga pelo serviço de prostituição, e não apenas à prática da prostituição em si, como é corrente nos dias atuais.

no altar da fantasia. Os heróis cavalgando corcéis fogosos ou ainda automóveis reluzentes povoam-lhe a imaginação.

Um romance!

Que linda coisa um romance!

Como é boa a vida no romance próprio para moças!

Quanta quimera, quanta mentira cujo fim único é falsear a pobre cabeça da mulher.

Infame palavreado cor-de-rosa, fonte de ignomínias para as coitadas que entram no mundo a sonhar que pisam tapetes da Pérsia e acordam com os pés no lodo.

Quanta lágrima, quanta desilusão amarga, quantos braços erguidos para o céu indiferente e vazio, não se incubam nesse falseamento da realidade! Quanta meretriz roída de sífilis não expira nos hospitais o crime de ter querido imitar uma heroína de romance em plena realidade do mundo!

Quanta alma curiosa não recorre ao suicídio, para apagar da mente o horror do quadro que se lhe deparou ao erguer o manto de seda recamado de pedrarias com que o romancista lamecha cobriu o lodo e a podridão da existência!

Romances para moças! Luvas de pelica que alguém usa para esconder a mão leprosa.

Dir-se-iam feitos expressamente para povoar os prostíbulos.

Engraçado! Quando se consertam as ruas, colocam-se de noite pequenas lâmpadas à frente dos buracos para aviso aos incautos. Mas, às mulheres, soltam-nas pelo mundo sem uma luz de aviso, antes velando os abismos para que não os possam evitar!

Tais falseadores da vida deviam ser colocados num prostíbulo e obrigados a vender seu corpo, poluindo-o de todas as lepras, para que aprendessem e sentissem o que resulta da sua obra...

Cláudia vê uma por uma suas amigas se casarem.

As ricas casam-se cedo. Aos 12 anos já os pretendentes as farejam com medo que o dote fuja...

O último casamento, o que mais chocou a pobre Cláudia, foi o da Baby Martins, mais nova que ela e a mais namoradeira das melindrosas do lugar. Cláudia, a quem a mãe vivia dizendo que a razão da demora dos pedidos era o fato de Cláudia namorar demais, começou a desconfiar da verdade. Começou a ver que a alma do casamento era o dinheiro, e a tomar nota do valor econômico das suas amigas que casavam. Este estudo veio provar que a sua desconfiança não era infundada. Só casavam as que tinham bom dote...

Uma anedota corria, mesmo teimosa e desagradável, que corroborava as suas dúvidas sobre a cotação da beleza e da virtude na bolsa matrimonial.

Dizia-se à boca pequena que, na noite de núpcias da Joaninha Matos, a feíssima filha do riquíssimo coronel Matos, o noivo necessitara apagar as luzes para consumar o casamento.

Outro fato também concorreu para avivar as desconfianças de Cláudia.

Marieta Silveira, uma solteirona já sem esperanças, depois de ter recebido inesperada herança de uma tia ignorada, contraíra núpcias com um dos melhores partidos locais. Realizara o que se costuma chamar um casamentão. Ora, a pobre da Marieta completara já a idade em que uma mulher perde completamente a esperança de casar, e os anos não a tinham embelezado. Logo, fora o cobre que atuara em vez de Cupido.

Todos esses fatos juntos ao casamento de Baby deixaram Cláudia desconsolada.

A certeza de que não se casaria e seria uma parasita da classe das Correias e outras célebres solteironas do lugar, cuja função se reduzira a desbastar com os cotovelos o peitoril das janelas, desesperava-a.

Pelas conversas da casa sabia que os negócios não marchavam bem. As fazendas que seu pai deixara hipotecadas mais dia menos dia iriam à praça.

O pobre avô, obrigado a arcar com as responsabilidades de chefe de família em idade já muito avançada, esmorecia a olhos vistos, e por fim morreu.

IV

A desolação foi imensa, seguida dum desmoronamento completo. O avô nada deixara, a não ser hipotecas.

A mãe de Cláudia, completamente alheia a negócios e cuja única ocupação após a morte do marido fora cobrir-se de véus negros, chorar e frequentar a igreja, ficou imbecilizada. Abandonou tudo nas mãos do advogado, um malandraço hábil, que se conluiou com o credor principal para lhe passarem a perna, deixando-a a ver navios.

Completamente desorientada e com oito filhos às costas, dos quais cinco pequenos, a pobre viúva achou que não rezara assaz, armou oratório no quarto e lá passava os dias diante das imagens de massa colorida, com os corações transpassados de espadinhas de metal amarelo.

Enquanto isso as fazendas iam à praça, e a mobília e as joias, penhoradas, passavam às mãos do advogado.

A miséria negra e triste do pobre envergonhado entrou naquela casa.

Casar Cláudia, agora? Com quem, santo Deus? Moça pobre, com cinco irmãos pequenos e mãe beata...

Cláudia tinha então 17 anos. Toda a mentira, toda a hipocrisia da sua educação sionesca saltava-lhe aos olhos. Nada sabia fazer, e não seria com os ínfimos recursos de que dispunha sua mãe que poderia dedicar-se à prática de uma profissão que sempre exige aprendizado. Ficaria, pois, solteirona como tantas outras infelizes suas conhecidas...

O seu sangue ardente de moça refervia-lhe nas veias ao ver nas fitas americanas lábios se colarem contra lábios.

Solteirona, ela?

Jamais!

Gostava da vida. Amava o amor antes de o conhecer. Adorava o *flirt*, e todas as coisas boas do mundo. Seus olhos cintilavam ao contemplar nos filmes os seus tipos de homens favoritos.

Ah, não!

Mirrar-se naquela cidade mesquinha, ela que tão lindas coisas idealizara, nunca!

Seus sonhos, seus planos haviam desmoronado como casa sem alicerces açoitada pelo vento.

Nada ficara de pé.

Derrocada completa.

Mas, inteligente como poucas, apesar da sua nenhuma instrução, via com o olhar arguto o imenso logro que a vida lhe preparava. E sentiu-se num dilema: ou pisar ou ser pisada. Ser esmagada pelos preconceitos, ou correr com eles.

Resolveu arrostá-los.

Um dia, num acesso de impaciência, esquecendo o respeito que devia à mãe, interpelou-a rudemente, dizendo que na idade em que estava já poderia ser uma doutora. Se não havia certeza do dote, por que não a educaram para o trabalho?

A religiosa senhora fitou-a perplexa, talvez com um pequeno remorso no fundo do coração, ao vê-la tão moça e forte e votada à vida dos infindáveis martírios da solteirona.

O nervosismo de Cláudia crescia de hora em hora. Num acesso de cólera quebrou todos os quadros da parede do seu quarto, atirando-os ao solo. Foi uma correria na casa. Julgaram-na louca.

Na sua ideia começava a germinar o plano de pisar todas as convenções, dar um pontapé no respeito humano e partir. Iria para bem longe daquela cidade maldita onde o seu coração, dia a dia, se tornava mais negro. Não tinha profissão a que recorrer? Que importa! Seria criada de servir. Arrastaria pelos mosaicos das copas o seu pé habituado aos tapetes de outrora, mas seria livre!

Os pretendentes haviam todos desaparecido.

Os homens casados olhavam-na e tratavam-na de maneira diversa da de outros tempos. Farejavam presa fácil.

A mãe, diante do oratório, rezava.

A irmã mais nova namorava. Sem o chamariz do dote, os pretendentes que agora se lhe acercavam eram ínfimos demais.

A vida de Cláudia transformou-se num inferno. O seu olhar verde tão calmo antigamente adquiriu o cintilar duro das pedras preciosas.

Debalde repicava o sino da matriz na alegria festiva das manhãs domingueiras. Cláudia não ia mais à igreja.

À porta dos cinemas, de noite, debalde a charanga soluçava os seus dobrados. Cláudia não ia mais ao cinema.

As caras que formavam a sua roda de conhecidos de outros tempos lhe eram odiosas.

Um dia um pretendente se apresentou. Velho,

viúvo e rico, mas um tanto caipira. Cláudia a princípio o recebeu bem, jurando que pretendesse sua irmã. Passou a detestá-lo, porém, logo que viu ser ela a visada.

Nunca se casaria com semelhante homem: amava demais a vida para sacrificá-la a um velho que podia ser seu avô. Além disso o seu plano amadurecera; nesse entretempo um fato local veio apressar a sua realização.

V

Na vila semimorta de tédio uma notícia de escândalo explodiu. A mãe da Juju Valério, melindrosa muito cotada em virtude da vida de luxo que a viúva ostentava, viera a falecer repentinamente. Até aí, nada demais. A complicação surgiu com o desaparecimento do noivo algumas horas após a abertura de um testamento que dava a conhecer o estado de penúria da moça. Ciente do logro em que ia cair, o almofada "deu o fora", como diz o povo. A órfã foi recolhida por uma tia solteirona e rezadeira, a beata mais temida da zona, mulher bigoduda, cheirando a leite azedo e mais sabida em religião do que o próprio vigário. E a pobre menina, sem profissão, sem dinheiro, sem prática da vida, achou-se do dia para a noite nas unhas da megera.

A fuga inexplicável do noivo e a cara amarrada da sua família, já ao par da ausência do dote, a falta e a saudade da mãe agravadas pela fereza da tia, começaram a agir sobre a sua saúde, já de si débil em consequência da educação freirática.

Sobrevieram ataques de nervos que a deixavam como morta. Passado um mês, o zumzum de comentários em torno da coitadinha enriqueceu-se de um novo mote: Juju estava grávida.

A tia católica, apostólica, romana, freguesa diária de missas e rezas bem mastigadas achou que o único modo de desagravar o sagrado coração de Jesus, entronizado com todo o luxo em sua casa, era expulsar a sobrinha. Foi o que fez.

E a desgraçada menina, grávida, de fato, doente, miserável, sem um níquel no bolso, completamente abandonada de todo o mundo, foi obrigada, para não morrer ao relento, a ir bater à porta da Luzia, caftina da viloca, a dona do bordel, a abadessa que satisfazia com carnes tenras o apetite dos chefões da redondeza.

A pequena abandonada, meio louca de desespero, ao encontrar uma mulher que não trepidava em lhe dar o melhor quarto da casa, prontificou-se a fazer tudo quanto ela ordenasse.

A champanha, os licores, a cocaína fizeram o resto, e mais uma prostituta levava ao monturo já bem sortido o seu corpo ainda infantil de criança abandonada.

O noivo, ao saber que ela estava no bordel, voltou descaradamente. E a sociedade o recebeu de braços abertos!

Um advogado compassivo, relacionado outrora com o pai da menina, apiedou-se dela e tomou a si a questão, fazendo ver que Juju era menor de 16 anos e fora seduzida, requerendo providências ao juiz.

Mas nesse ínterim, a caftina, nada tola, açulou a gula dos seus fregueses, e esses canibais de carne fresca, afrissurados com o medo de perder a primazia do petisco, acorreram como urubus para cima da carniça, desabotoando as calças ainda no corredor.

Sociedade hipócrita!

Moloch infame!

Homens malditos, inventores da castidade para uso alheio! Vós vos rebocais sobre a mulher perdida... A vós nada suja. O comércio infame do qual sois uma parte só desonra a outra parte... Quereis pequenas Jujus iletradas, semianalfabetas e tolhidas de superstição para sortir os bordéis onde ides refestelar a vossa concupiscência bestial!

Não quereis que se dê profissão à mulher para que tenhais sempre carne fresca, novidades para o paladar cansado!

Ah! pobre mulher! Eterna imbecilizada, eterna idiota, eterna fanática, que quando tenta libertar-se é arremessada ao ergástulo do alcouce!

Vós, casadas, ide ver os vossos honrados maridos no prostíbulo, ide! Lá estão todos, como cães à gamela. A Luzia marca-lhes hora — a hora de dar a dentada na novidade. Como gostam de sopas!

Bom apetite, senhor Juiz de Direito; oh, como

vai, dr. Promotor? Ah, ilustre senhor Farmacêutico! Entre, senhor Médico! Sr. Deputado, a casa é sua!

Vamos, ilustres salafrários, gozai, aproveitai, ilustres crápulas!

Até o vigário! Deus do céu, até o vigário!

Desce do infinito, ó Cristo, e vem ver como resfolega o teu representante cá embaixo!

Mas quando na rua encontram a Juju e estão acompanhados das esposas — da família — como dizem com a boca mole, torcem a tromba com ar enojado, fingindo uma virtude que nem dormindo possuem, pois até nos sonhos enganam as esposas.

Afinal saiu o mandato do juiz ordenando a internação de Juju num asilo.

Mas seja que alguma pensionista da Luzia já lá tivesse estado, seja que a própria Luzia conhecesse o buraco, quando os oficiais de justiça se apresentaram, só encontraram de Juju uma carta ao juiz:

"Não nasci para besta de carga das freiras. Procure outra."

VI

Cláudia nada sabia de claro sobre o que se passara. Ouvia pedaços de frases. Como amiga e colega da Juju, quis procurá-la, mas a mãe a proibiu terminantemente de falar com a fugitiva, ainda que pelo telefone. E explicou por alto a razão, sem descer a pormenores que não deviam ferir os seus ouvidos de solteira. E como um dia Cláudia comentasse o fato perto de visitas, e censurasse a sociedade que continuava a abrir os braços ao noivo de Juju, viu que todos estavam contra a vítima. Cláudia já azeda estourou:

— Ora esta! Se a Juju tivesse sido educada de outra maneira, com os olhos bem abertos a respeito da perversidade humana, se lhe tivessem explicado bem claramente que o almofada queria mais era o dote, garanto-lhes que nada teria acontecido.

— Cláudia! — censurou a mãe. — Isto não é linguagem própria de moça!

— Afinal, que é próprio de moça? Fazer papel de idiota a vida inteira? Vejo que isto é também um pouco culpa das mulheres. Permitem tudo aos homens, curvam a cabeça demais. Se as mulheres tivessem um pouco mais de cultura seriam menos humilhadas.

As visitas despediram-se assustadas, porém o fantasma da Juju expulsa da sociedade não mais saiu da mente de Cláudia.

Seu desejo de partir crescia. Iria para Flumen. As más línguas que batessem nos dentes à vontade. Ah! ela não era a Juju, não! Não estava nos moldes do seu temperamento sacrificar-se para agradar beatas velhas fedendo a rapé.

A vida é tudo e a mocidade um momento. Iria ao encontro da felicidade, uma vez que a felicidade não vinha a ela. Haviam de se defrontar um dia. E se não se defrontasse, ao menos teria vivido.

Naquela sórdida viloca tinha a impressão de enterrada viva.

Se fosse filha única teria pena de sua mãe. Mas eram cinco. Ficava muita consolação à pobre senhora que passava os dias chorando e rezando e à qual não foi difícil de convencer que a deixasse partir.

O sofrimento a fizera indiferente. Talvez em seu foro íntimo, lembrando-se de sua vida de casada e da de outras senhoras suas conhecidas, tão infelizes quanto é possível ser, apesar de terem seguido à risca a moral católica, reconhecesse que por mais desgraçada que fosse a filha não seria tanto quanto elas o foram.

Não tinha forças para obrigar Cláudia a seguir a senda áspera da virtude, onde deixara aos pedaços o seu coração. Que partisse. Talvez fosse feliz. Pelo menos satisfaria uma aspiração, o que já é uma felicidade. Demais, que é a felicidade? Coisa tão relativa!

E Cláudia partiu.

A despedida foi triste. Uma chuvinha miúda envolvia a cidade. A mãe ficou a fazer a única coisa que lhe ensinaram a fazer: chorar e rezar o terço escondido embaixo da capa.

Com que alívio Cláudia embarcou! E quando o trem rodou, deixando a cidade ao longe, como seu coração bateu descansado, normalmente!

Se tivesse tido a felicidade de uma instrução mais sólida e conhecesse um pouco o lindo romance que é a história da Roma Antiga, ter-se-ia lembrado de César a transpor o Rubicon e repetiria as famosas palavras do guerreiro. Mas sua instrução fora irrisória. Não estudara latim porque é a língua que narra as indecências antigas; o grego, porque é o idioma que recorda o paganismo (como se não valesse mais o paganismo antigo, com as suas maravilhosas estátuas, do que o moderno, com seus ídolos de massa colorida a quem as cozinheiras vão pedir palpite para o jogo do bicho!); a anatomia, a física, a química, as matemáticas, porque à mulher não fica bem conhecer as ciências. Só estudara história sagrada. Aprender que a terra fora imóvel e que com um gesto Josué fizera parar o sol. É lindo isto, em pleno século XX!

O que as freiras não conseguiram arrancar da sua cabeça foi o bom senso inato, a inteligência arguta e ávida de observar, de comparar e de julgar. E pois não perdia uma ocasião de fazer experiências.

VII

A viagem corria monótona. Ao fundo do vagão cochilavam dois moços que pelo jeito pareciam estudantes. Numa parada de estação despertaram.

Cláudia, a quem a ideia fixa da sua virgindade empolgava o pensamento, arquitetou um plano. Não queria que homem algum a possuísse virgem, com pleno conhecimento de causa, pois desejava fazer uma experiência: saber de fonte segura se o homem seria capaz de reconhecer uma mulher intacta, sem estar prevenido disso.

Fez semblante amável aos estudantes, pensando: "qual dos dois me serve". Afetou maneiras livres. Quando o trem rodou de novo, estavam camaradas. Um deles sentou-se-lhe ao lado, fazendo corpo mole para encostar-se no dela a cada boleio das curvas. O jovem, apesar de não ser feio, não era o seu tipo, e por isso mesmo estava a calhar, porque não havia perigo de apaixonamento.

Educada severamente, Cláudia só sentira o contato masculino em bailes familiares, onde nem sequer era permitido dançar várias vezes com o mesmo par. Ainda não conhecia o amor, o desejo, a paixão que cega e lança um ente nos braços de outro. Conhecia apenas a sensação material, que qualquer contato pode dar e que experimentara logo em pequena em infantis esfregações com amiguinhas.

Mas ao lado daquele homem nenhum músculo do seu corpo se contraía; estava gélida e de todo indiferente.

Pouco antes de chegar a Flumen levantou-se para ir ao toucador. O companheiro de banco a seguiu. Aproveitando uma passagem de túnel, entraram no W. C. Alguns minutos depois Cláudia saía, deixando o estudante a murmurar indignado:

— Se estava nesse estado, por que não me avisou?

A experiência confirmara a sua desconfiança.

O rapaz tomara-a por uma mulher de vida livre e nada percebera.

Era aquilo, o célebre ato para o qual a mulher se cobria de véus, de flores e grinaldas!

Era para realizar aquilo que a conservavam enclausurada, à espera de um almofada que a quisesse aceitar, recebendo para isso um bom dote!

E o homem praticava esse ato no W. C. com a primeira adventícia!

E talvez fosse ele noivo, e exigisse de sua noiva, além do dote, um corpo fechado, que nem sequer lhe daria sensação diferente, como acabava de verificar.

Ah, como são falsas as convenções do mundo!

E enquanto o estudante indignado se recompunha, Cláudia mudou de carro. Já nada lhe interessava aquele homem. Ao contrário, sentia por ele uma espécie de nojo. De temperamento ardoroso, desconhecia ainda o amor, mas seu instinto não a enganava, dizendo que não era aquilo. Tal ato seria apenas a parte material do amor. Ela teria ocasião de amar. Estava só e completamente livre.

VIII

Ao chegar a Flumen hospedou-se num hotel ao pé da estação.

Mas logo ao entrar desgostou-se da cara do pessoal. Mostravam todos, dos criados aos pensionistas, o ar de quem guarda defunto. Apesar do ruído que vinha da rua, tinha a impressão nítida de estar no interior, não muito longe de Flumen, lá na sua cidade natal, no grande Hotel Moderno situado no Largo da Matriz, hotel só moderno na audácia do título.

Não ficaria ali.

O que era necessário antes de mais nada seria instalar-se a seu gosto, em hotel livre onde pudesse entrar e sair sem dar satisfações a ninguém.

Refletia nisto, muito descontente no seu quarto, quando bateram à porta, e a dona do hotel entrou.

Impulsiva como poucas, Cláudia pôs-se em guarda ao ver o ar misterioso da matrona. A inocente e virtuosa senhora moveu com dignidade os seus cento e tantos quilos, pediu licença e sentou-se ao lado de Cláudia, exalando desagradável cheiro de suor.

— Minha filha, aceitamo-la aqui pelo seu ar distinto, mas venho para avisá-la de que será necessário ser muito prudente, não sair à noite sozinha, porque este hotel é familiar e...

A compassiva senhora não pôde concluir. Cláudia levantou-se de brusco:

— Sinto muito, minha senhora, ter me enganado — respondeu imitando a voz melíflua da hoteleira. — Mas não sou de família, nem pretendo sê-lo; sou, pelo contrário, uma mulher independente e tenho até um filho sem ser casada — terminou mentindo.

Foi a vez da matrona erguer-se sufocada:

— Um filho sem ser casada! Então a senhora é uma mulher perdida que...

Cláudia a interrompeu, já de chapéu na cabeça e acabando de fechar a valise:

— Perdida ou achada, retiro-me e é inútil sufocar-se de indignação.

E saiu.

Os hóspedes que ao perceberem chegar uma mulher sozinha se reuniram no corredor para comentar o acontecimento, ao vê-la agora sair, após o colóquio com a dona da casa, entreolharam-se com malícia. Um deles, o mais espevitado, pegou do chapéu para segui-la, mas Cláudia, já a enxergar tudo vermelho, disse-lhe em voz clara, embora um pouco trêmula:

— Se tem intenção de seguir-me, é bom que saiba que embora eu não exija viagem à pretória para deitar-me com um homem, faço questão que ele ou seja rico, ou tenha um físico do meu gosto. O senhor não está em nenhum dos casos.

Disse, e breve se encontrou sozinha na calçada.

Foi então que começou a ver de quantas dificuldades está semeado o mundo contra a independência da mulher. Num hotel como aquele, nem sequer lhe davam a liberdade de entrar e sair à vontade, já os homens gozavam de liberdade plena:

Machos malditos!

Açambarcam tudo.

Nada deixam para a mulher a não ser sofrimento.

O gozo, a liberdade, o trabalho, a luta honesta pela existência por meio das profissões liberais, todos, todos os sadios prazeres da vida, enfim, são privilégios masculinos!

Nesse momento Cláudia lembrou-se dos irmãos. Estavam sendo educados como gente, de modo a bem se defenderem dos dissabores da vida. Desde pequeninos em ginásios. Entrariam na vida de cabeça levantada, trazendo na mão diplomas que lhes permitiriam ganhar com dignidade a subsistência.

Desiludida e cansada, enquanto procurava outro albergue e ouvia sórdidos gracejos em moda entre a população masculina de Flumen, Cláudia fazia um exame das suas aptidões. O resultado foi desastroso. De prático nada sabia. Aprendera a olhar ao espelho, rezar, pintar os lábios e os olhos. Só. O único mister que poderia desempenhar era o de criada de servir ou governanta. Mostrara em criança grande inclinação para o desenho, mas a família, e sobretudo a avó, senhora de hábitos medievais, ao ouvir um amigo da casa elogiar os seus desenhos e sugerir a ideia de fazê-la estudar seriamente, levou as mãos à cabeça num gesto de fidalga:

— Não, senhor! Na nossa família não há nenhuma artista. Todas as nossas mulheres só têm um dever a cumprir: serem mães de família.

Abafou-se o assunto. A sua vocação foi esquecida, mas a avó morrera, o avô também, e ela estava na sarjeta, exausta de cansaço, a pensar nas vicissitudes da vida e nas reviravoltas da fortuna, ela que um ano atrás nem sequer sabia que um pão tem um preço.

Mulher, pobre mulher!

Qual dentre vós foi a primeira a consentir que o homem egoísta vos lançasse a canga ao pescoço, as algemas às mãos e a peia aos pés?

Eis aí a vossa geração: mães desgraçadas, esposas humilhadas, solteironas martirizadas, meretrizes tripudiadas!

Dentre vós só se salva a cortesã. Só ela é feliz e adorada, porque é a única que, esmagando o coração, sabe prender ao focinho do macho a argola da volúpia por onde o conduz, como um cão, a todas as concessões.

A pobre Cláudia afinal encontrou um hotel, quando já não podia mais ter-se nas pernas.

Era do gênero que lhe servia. Hotel de artistas. Logo ao entrar viu no salão hóspedes de aspecto boêmio.

Entrou. Escolheu quarto e sem pensar em mais nada, nem em jantar, tão exausta estava, atirou-se ao leito e adormeceu.

IX

Nos primeiros dias que se passaram tratou de procurar emprego. Comprou jornais, recortou anúncios e incansavelmente bateu de porta em porta. Como governanta logo desistiu de encontrar lugar. As donas de casa olhavam desconfiadas para sua cara de moça e, como conheciam os próprios maridos, não a aceitavam.

Atirou-se aos anúncios de empregadas de escritório. Mas no primeiro que entrou, o chefe, gordo e suado, quis dar-lhe um beijo.

Saiu enojada e, mais uma vez desiludida, teve a convicção nítida de que na Bocolândia uma mulher nada conseguiria. O país estava ainda muito atrasado, os homens convencidos de que o mundo era feito para eles e, se existia a mulher, era para ser colhida como flor, cheirada e lançada fora. O bocó ainda não admitia a ideia de que a mulher fosse um ente de carne e osso a quem assistiam direitos de ser humano. O bocó achava muito chique quando se encontrava a sós com uma mulher, dar-lhe um beijo ou dizer-lhe uma gracinha. Mulher: coisa de gozar!

As moças que trabalhavam no comércio eram respeitadas porque tinham sido apresentadas pelos pais ou por parentes, e na Bocolândia só se respeita a mulher que está acompanhada ou tem atrás de si um homem. Quer dizer: respeita-se apenas o homem.

Oito dias já se haviam escoado assim, quando, certa manhã, lhe bateram na porta do quarto.

Ao abrir, teve Cláudia a desagradável surpresa de se encontrar face a face com um agente de polícia. Vinha intimá-la a comparecer na delegacia.

Cláudia respondeu que, apesar de nada compreender de semelhante chamado, lá iria mais tarde. O agente observou-lhe com impertinência que tinha de ir, não mais tarde, porém já.

Cláudia explodiu.

— Sabe que mais, caro senhor? Quem não deve não teme. Ora eu nada devo e portanto não vou agora nem mais tarde.

Disse e quis fechar a porta. O homem impediu-lhe e Cláudia, extremamente nervosa, subiu a serra.

Como as vozes se alteassem, alguns pensionistas aproximaram-se e indagaram do que havia. Um deles tomou a palavra para defendê-la, pois todos a reconheciam como muito quieta, sempre metida consigo em seu quarto.

Mas o agente explicou:

— Esta moça é menor e fugiu de casa. Tenho ordem de levá-la à polícia; lá se entenderá com o chefe.

Cláudia curvou a cabeça compreendendo tudo.

Para que resistir e aumentar o escândalo? Nada adiantaria. Sua mãe permitira-lhe que partisse, mas às escondidas avisara os parentes, e era ainda a mão dos homens que pesava sobre seus ombros, com o peso do bronze, mão habituada há séculos a esmagar a mulher.

Acompanhou o agente.

Na chefatura de polícia encontrou um delegado de fisionomia austera e bem-educado.

Com delicadeza a interrogou. Fez-lhe ver que era menor e, segundo o telegrama recebido, ainda virgem. Neste ponto Cláudia o interrompeu.

— Há um equívoco, doutor. Não sou virgem.

— Ah! então o caso muda de figura, pois a senhora vai dizer-me o nome do sedutor.

— Não poderei dizer o nome de um ente que não existe. Não fui seduzida. Saí de casa por livre vontade.

— Minha senhora, quase sou obrigado a desconfiar de que está mentindo. Com que fim não sei. Em todo caso, o exame provará a verdade.

Calou-se o delegado e passou a atender a outros casos.

Cláudia, muito aborrecida, ficou à espera do tal exame, que não sabia em que consistisse.

Vieram afinal buscá-la.

Conduziram-na a uma sala semelhante a consultório médico, com cadeira operatória num canto.

Deixada só, ficou a imaginar que exame seria aquele, e interrogou a respeito um tipo que se apresentara como médico.

— É muito simples — respondeu ele. — Deseja-se saber se a senhora é ou não virgem.

— Ora esta — exclamou Cláudia —, pois tendo já declarado que não sou, que querem mais? Sou uma mulher livre! Não me sujeitarei a essa barbaridade incômoda. Era o que faltava! Exibir a intimidade do meu sexo para um homem ver o uso que fiz do que é meu! Nunca!

— Muito bem — disse o médico —, mas é esse o único meio de a senhora ficar livre. Se de fato teve relações com um homem, como diz, a lei a considera maior.

— Nesse caso deixo-me examinar, mas lavro o meu protesto contra uma exigência tão bárbara e estúpida.

— Mas que apenas protege a mulher, minha senhora.

— Protege a mulher rebaixando-a à categoria de rês! Se quisessem protegê-la de fato, davam-lhe instrução profissional, concediam-lhe os mesmos direitos que ao homem! Protege a mulher! E é a mim que o senhor vem dizer isto? A mim que acabo de chegar a esta cidade onde em cada esquina há um rendez-vous e em cada canto um bordel? Protege a mulher à custa de tão torpe vexação! Infames!

O médico examinou-a.

Um ódio surdo subia do coração à garganta da moça comprimindo-a com mão de ferro.

— Como são infames os homens! Inventam tudo quanto é possível para aviltar a mulher! — disse-lhe na cara.

O médico não respondeu. Para que discutir se também era homem e gozava de todas as regalias? Era homem, fartara-se de mulheres desde tenra idade, mas ninguém o fizera sentar-se no tronco da infâmia para investigar o uso que ele fizera do seu sexo.

Carrascos!

O delegado entrou.

— Ela disse a verdade — informou-lhe o médico.

— O pior é que isto não tem bis — comentou o delegado.

— A sua virgindade teve bis, doutor? — redarguiu Cláudia.

— Ora esta! Eu nunca fui virgem — respondeu ele rindo-se.

— Peço desculpas da observação que vou fazer, mas o senhor disse uma inverdade, e se não fosse o preconceito considerar pornográfico todos os temas relativos às partes sexuais, dar-lhe-ia uma réplica concludente. Contento-me com definir a palavra virgem segundo os dicionários: é virgem tudo quanto não foi usado; é virgem uma floresta antes de ser devastada.

— Pelo que vejo, a senhora, apesar de moça, é já bastante instruída — observou o médico.

— Engana-se. A minha instrução foi tudo quanto há de mais rudimentar. Sou mulher e na Bocolândia não se instruem as mulheres. Observo apenas, e quem observa aprende por si. Mas é tempo de ir-me, não quero mais abusar da paciência de vossas senhorias.

— Não, não! Não se vá ainda. Tenha a bondade de esperar um minuto, que há uma formalidade a cumprir. A senhora terá de ficar internada algum tempo num asilo a ver se se regenera.

— Regenerar-me de quê? Cometi acaso algum crime?

— Vou dar-lhe um conselho, d. Cláudia. Vá para o asilo, fique lá uns tempos até que se esqueça tudo isto. Contenta assim a sua família e depois ficará livre.

Ainda uma vez Cláudia submeteu-se.

Pensava consigo:

"Eles cansar-se-ão; têm mais que fazer que andar presos aos meus calcanhares."

Deixou-se levar para o asilo.

X

A primeira coisa que a irritou depois de internada foi ver sua mala aberta e remexida.

As irmãs, vezeiras em processos herdados da inquisição, haviam examinado seus papéis e roubado seus livros. Era o sistema do colégio onde estivera em pequenina: abriam as cartas que escrevia aos pais. Remanescência do arrocho da Idade Média, do tempo em que se queimavam os que pensavam de modo diferente do rebanho. E era com aquilo que pretendiam regenerá-la! Ah! Aqueles tartufos de saia só podiam fazê-la odiar ainda mais as leis iníquas.

Que desolação, que miséria reinava entre as pobres detentas! O asilo era como uma espécie de caixão de lixo onde uma desmazelada dona de casa lançasse sem critério coisas velhas e novas. Havia meninas impúberes em promiscuidade com velhas negras sarnentas.

No dormitório, fechado à noite, remava um fétido nauseante.

Banho?

Quem quisesse que se lavasse com cuspo.

Como distração ladainhas, missas e rezas que te partam.

Numa sala gelada, guarnecida de bancos sem encosto, algumas desgraçadas bordavam trabalhos finíssimos que eram vendidos a bom preço, enquanto as esquálidas obreiras quebravam os dentes na côdea rija dum pão velho. O trabalho deixava longe o das galés. As infelizes levantavam-se às cinco da manhã e deitavam-se às oito da noite, tendo apenas uma hora de folga.

E aquele reduto chama-se por ironia "Asilo do Bom Senhor"!

Às vezes algum ricaço ou figurão político por lá aparecia, ostentando os abdomens felizes, e para que não se mostrasse muito triste a cara das reclusas, davam-lhes pão fresco.

No dia seguinte, fanfarra pelos jornais: "Os benefícios do asilo! A beleza da ação filantrópica de Dom qualquer coisa".

E as reclusas que ficassem por lá a roer as unhas, trabalhando grátis para que as graciosas freirinhas pudessem passar os dias na capela a cantar e no refeitório a engordar.

Ao fim de dois meses, cansada de receber confidências, Cláudia já nem sabia onde encontrar forças para resistir à tentação de estrangular uma das abadessas.

As confidências eram de arrepiar. Certa magricela que bordava qual uma fada estava ali havia dez anos sem ter recebido um ceitil.

Era a isto que a sociedade chamava regenerar! Imbecilizar a mulher e obrigá-la a morrer aos poucos num martírio lento.

Dez anos fechada naquele inferno e sem um níquel ganho em troca dum labor de negra escrava!

As freiras não remuneravam as infelizes. Recebiam gordas esmolas, auxílio do Estado, mas tudo era pouco para lhes sortir a mesa reservada.

Aquele asilo e outros eram teias de aranha estendidas para apanhar moscas. Recebia as tolas sob o falso manto da caridade e passava a explorar-lhes todas as energias. E quando, cansadas e doentes, as míseras reclamavam:

— Rua!

Cláudia instruiu algumas.

— Vocês lá fora, bordando como bordam podem ganhar muito bem a vida.

— Sim. Mas nada sabemos do mundo. Não temos prática da vida. Só nos resta esperar aqui a morte.

Esperar a morte!

Cláudia é que não o faria nunca e portanto deliberou fugir.

Uma freira a pilhou quando saltava uma grade do jardim. Ao sentir-se presa, perdeu a cabeça e deu formidável pontapé no ventre seráfico da madre.

Foi um escândalo. Correria, gritos, tombos, injúrias. Até a cabeça raspada de uma religiosa viu ainda uma vez a luz do sol da qual se despedira para sempre. Cláudia arrancou-lhe o véu e declarou terminantemente que não ficaria ali sob pena de destruir as imagens dos altares, cometendo quantos mais sacrilégios houvesse. Sob esta ameaça, telegrafaram à sua mãe e telefonaram para a polícia.

No dia seguinte mãe e filha se defrontavam no locutório e Cláudia deixou o antro.

A mãe, mais envelhecida, mais cansada e indiferente, voltou logo para o seu oratório da cidadezinha natal, e Cláudia começou a subir o calvário da sua vida.

XI

O martírio mais leve que sofreu foi a fome.

O pouco dinheiro que trouxera acabou-se e viu-se obrigada a fazer o que toda mulher faz quando tem fome: vender-se.

O primeiro focinho que se apresentou, embora pouco a seu gosto, foi aceito.

Quando o estômago reclama o coração não escolhe. A virtude não vai com a miséria.

Uma cançonetista de *cabaret*, encontrada por acaso, ilustrou-a um pouco acerca da vida, que ela só conhecia através dos romances para moças. A conselho da nova camarada estudou umas cançonetas, fez um contrato e foi viajar.

Perambulou por vários estados de Bocolândia, e esqueceu a sua miséria ao ver a desse país.

Estados de solo riquíssimo às portas da bancarrota, sob as garras ferozes da capangagem política.

Eleições feitas a tiro. A cidade de Enseada, uma das mais belas topografias do mundo, capital de um estado maravilhosamente fértil, não tinha água, não tinha luz, e os bondes paravam nas ladeiras por falta de força. E os sinos das igrejas a badalarem dia e noite.

Foi então que conheceu a justeza da síntese popular: "Enseada de Todos os Santos, analfabetos por toda a parte, m... por todos os cantos".

Isto no norte.

No sul idem, com exceção do estado de S. Pedro, um oásis na miséria geral.

Sem dinheiro, pois o que recebia apenas dava para os vestidos, não querendo mais vender-se, sem esperança de coisa nenhuma, a alma magoada por todas as desditas que a sua visão de mulher inteligente tornava maiores, vagou sem rumo pela pátria, com o coração negro de nojo e de tédio.

A primeira vez que entrou numa pensão de artistas, eufemismo que disfarça um certo tipo de bordel, teve que confessar que tudo quanto vira antes era nada em comparação daquele antro. Para cúmulo do azar, uma pequena argentina com quem se simpatizava suicidara-se com cocaína depois da sua entrada. Agonizara dois dias, pálida e hirta no meio das sedas do leito e só se lhe ouviu durante 24 horas um único estribilho: "*Machito, machito. Quiero el mio machito*".

"Pobre criança", murmurou Cláudia, querendo aquecer-lhe as mãozinhas geladas. Donde vieste?

Estará por acaso viva nalgum canto da terra a mulher que te deu o ser? Meu Deus! Por que as mães têm filhas, se não as sabem educar para a vida feliz?

Um dia uma grande surpresa lhe fez bater o coração. Juju Valério em pessoa apareceu no bordel. Ao dar com Cláudia atirou-se-lhe nos braços, contendo a custo as lágrimas.

— Claudinha, minha querida! Quem havia de dizer! Vem ao meu quarto. Tenho tanta coisa a te contar!... Ah! se soubesses como tenho sofrido!...

Ao entrarem para o quarto um homem de cara mole ergueu-se de um divã. Sem o apresentar a Cláudia, Juju disse-lhe baixo duas palavras, entregou-lhe o chapéu e fê-lo sair.

E foi então uma torrente de confidências.

Juju, de natureza menos enérgica que Cláudia, caíra na prostituição em cheio. Vendera-se por atacado, a retalho, a saldos, conforme se lhe ofereciam as ocasiões. Não tendo saído do seu estado natal como Cláudia, mantinha-se ao par da vida das antigas colegas e relações da infância. E desfiou para Cláudia um rosário de novidades, algumas bem tristes.

— Lembras-te da Carlinda, aquela grande que se casou quando estávamos no colégio?

— Sim, sim, uma que recitava bem e um ano depois de casada apareceu no colégio para mostrar o primeiro filho, uma criancinha feridenta?

— Esta mesmo. Pois divorciou-se! E como ela era rica, o marido com o fito de apanhar o dinheiro que cabia às crianças, que já eram quatro, roubou-as e intentou processo contra a mulher, alegando que se portava mal. O juiz julgou a favor dele e a pobre da Carlinda teve que voltar para a companhia dos pais. O pior é que o divórcio entre nós sendo apenas uma separação de corpos, ela não pôde casar-se de novo. O marido, um crápula de marca, que legou toda a sífilis que tinha ao primeiro filho, está agora com uma espanholita. Terei ocasião de apresentá-la a ti pois prometeu vir jantar cá.

— Que horror!

— Ainda não sabes nada. Para conhecer as infâmias dos homens só mesmo nesta vida. No seio das famílias estes hipócritas são mais famílias que elas próprias. Mas fora, que porcos! Outra que não foi feliz: a filha do coronel Matos. O marido tem posto fora um dinheirão com uma belgazinha que veio na Bataclan.[4] Lembras-te da Marta? Com esta ainda foi pior. Imagina que no dia seguinte ao casamento o pai requereu falência. O noivo, fulo de raiva com o logro que lhe pregavam, alegou que não tendo achado o... — aqui, Juju, com uns restos de pudicícia, baixou a voz, mas Cláudia a interrompeu:

— Por que não pronunciaste em tom natural essa palavra? Achas feio dizer o que é?

---

4   O que hoje funciona como bar e casa de espetáculos em Paris nasceu, no século XIX, como uma companhia artística francesa que visitou o Rio de Janeiro em 1923.

— Ora, deixa-me, Cláudia, concluir a história. Como ia dizendo, o marido alegou para anular o casamento que a mulher não estava a seu gosto.

— Pudera! No colégio a preocupação da Marta era fechar-se no gabinete com a Glória.

— E o que elas faziam fechadas ninguém o sabia.

— Ninguém é um modo de dizer, porque uma vez a Glória fechou-se comigo para a mesma coisa.

— Não me diga! E fez-te?

— Não quis que o fizesse em mim, mas o fiz nela.

Juju soltou uma gargalhada.

— Mas eras uma criança, e Glória moça feita!

— Queres que te diga francamente? Foi das mais curiosas sensações de minha vida. Nunca fui uma viciada, mas aquela grande a tremer sob minhas mãos de criança me perturbou singularmente.

A Juju ria-se de chorar.

— Ah, Claudinha! Não mudaste nada! És a mesma, parece-me estar a ver-te no recreio do colégio!

Cláudia suspirou.

— É o que pensas, Juju. Mas então, se o pai da pobre Marta não tivesse falido... Que mundo! Forjam-se ou atalham-se reputações conforme o dinheiro aumenta ou diminui! Que coisa infame a sociedade.

Bateram levemente à porta.

— Ah! É o Jorge. Vais ver que belezinha. Entre! Cláudia, apresento-te o meu amiguinho Jorge, filho do Ministro dos Negócios Encrencados.

Cláudia cumprimentou-o, mas pediu licença para sair.

O frangote que entrara era um desses filhos de famílias aos quais, ao contrário do que sucede às meninas suas irmãs e primas, tudo é permitido. Bancam o gigolô, gozando o corpo das mulheres sem pagá-las até o dia em que, cansados e impotentes, vendem-se por um bom dote para dar nome aos filhos de uma burguesinha.

Cláudia nutria horror por aqueles macaquitos de cabeça vazia, nádegas arrebitadas, olheirudos e imbecis.

Juju fez tromba quando a viu levantar-se, mas conhecia a sua língua ferina e deixou-a ir, receosa de que o almofadinha dissesse alguma asneira e Cláudia o debicasse.

O suicídio da pequena argentina fizera mal a Cláudia. Não lhe saía da mente a carinha branca de cera e os olhos arregalados e imensos que a morte não conseguira fechar.

Ah! E ela vira suicídios na sua peregrinação!

Lembrava-se ainda da Escobar, uma pobre patrícia, que encontrara certa manhã estendida na cama, no meio da fumaceira do disparo da velha garrucha. Não podendo pagar oito semanas de pensão, descoroçoada da vida, dera cabo de si. Cláudia só lhe conseguira uma frase explicativa daquele ato de loucura: "estou cansada de sofrer!".

Cansada!...

Pelos seus papéis, tinha apenas 23 anos...

Veio o médico, pensou-a e deu esperanças de salvá-la; mas deixada só, a mísera arrancou a gaze dos curativos, depois de ter escrito com sua letra disforme de quem apenas sabia escrever: "Deixem-me morrer por favor!".

Outra patrícia embebeu de álcool a roupa, morrendo assada.

Outra, recusando-se a seguir o marido que a caftinizava, recebeu seis punhaladas nas costas.

Outra, uma pequena de 16 anos, vendida por dois contos e quinhentos pelo pai, a um politicão provinciano, foi assassinada com um tiro de carabina a mandado da esposa do comprador. A bala ofendeu-lhe a espinha, e a misérrima criatura, grávida de seis meses, agonizou paralítica da parte inferior do corpo durante três dias, gemendo continuamente: "Meu Deus, meu Deus, que sofrimento, que sofrimento!".

O assassino, um preto, fizera aquilo por 200 mil-réis. O pai da mandante gastou 10 contos e conseguiu pô-lo na rua.

Ah! Cláudia podia gabar-se de ter visto coisas!... Se descrevesse metade, metade só, se tivesse a coragem de contar um pouco do que vira, encontraria também um emboscado à esquina para a balear pelas costas.

No bordel onde então residia conversava-se de todos os assuntos. Às vezes com finura, às vezes em linguagem de pasmar em homens que pelos modos pareciam pertencer à melhor sociedade.

Cláudia mirava-os com os seus olhos claros e pensava nas mulheres e filhas que eles tinham algures e nas petas que elas tinham de engolir. Eram os cavalheiros citados pelos jornais! Os grandes políticos, os comerciantes, os médicos notáveis...

Até padres apareciam por ali. Os mesmos aos quais sua mãe queria que todos beijassem as mãos.

Deus do céu! Era isto o mundo?

Esta cloaca, todas podridões e vícios?

E o amor, onde estava o amor?

XII

Um dia alguém bateu-lhe à noite na porta do seu quarto. Era uma das suas companheiras de mesa, uma linda francesinha.

— Vem ver uma coisa — disse ela.

Saíram juntas.

Em frente a uma porta, onde um vulto já estacionava curvado, espiando pela fechadura, pararam.

— Espie! — ciciou a francesinha.

Cláudia obedeceu. Curvou-se para o buraco da chave.

Dentro da alcova passava-se uma belíssima invenção dos homens. Um desses quadros vivos que certos entes nos limites da abjeção humana executam para ganhar o pão que lhes mitigue a fome. A única diferença que havia era o prazer notado no comparsa masculino e o fato de ser ele um figurão conhecido. Estava em evidência na alta política e só aparecia nos noticiários como "um fino cavalheiro de alto valor social".

A francesinha e a outra criatura que também espiava ficaram a abafar o riso enquanto Cláudia voltava para o seu quarto, repetindo o estribilho favorito:

— É aquele o homem, o herói, o pai, o chefe!

Benevolente para com as fraquezas humanas, como todas as criaturas sensuais, Cláudia não se indignava ante as cenas fisiológicas que estava farta de assistir praticadas pelos irracionais.

O que lhe dava assomo de ódio era a injustiça que por toda a parte tomava foros de lei, permitindo ao homem que satisfizesse todos os seus caprichos, mas anatematizando a mulher que lhe servia de comparsa nos seus prazeres libidinosos. Dava-se largas aos instintos do homem e abafava-se os da mulher, fazendo do homem um senhor onipotente, um déspota a quem nada ficava feio, sem explicar o porquê desta regalia, sem citar uma razão lógica que desculpasse tal prerrogativa, destoante do liberalismo duma época em que os reis se viam expulsos dos tronos.

O homem deitava-se com a meretriz, e no dia seguinte, muito lampeiro, continuava a ser um homem digno, ao passo que a sua companheira noturna era mantida fora da lei.

Por quê?

De duas, uma. Ou ela é uma necessidade social, uma operária com função reconhecida pela lei e como tal uma criatura livre; ou ela é uma praga social, devendo ser impedida de exercer a profissão.

O que não se pode permitir é a barbaridade vigente: usá-las como escarradeiras.

É justo? É humano? É cristão?

O justo seria argumentar como Cristo: "Quem não tiver culpas, lance-lhe a primeira pedra".

Os moralistas tiram a mulher do lugar que lhe pertence na escala dos seres, ao lado do homem, seu companheiro segundo a lei da natureza, e a escravizam.

Para fazer viver uma moral de pura convenção humana, que varia conforme a latitude, criam-se duas categorias de mártires: a das solteironas e a das prostitutas.

Mas os homens gozam de toda a liberdade. O que para a mulher é infame, para eles é apenas natural.

Quanta indignidade!

Naquele momento, em todos os quartos do bordel havia um homem, em geral casado, que iludira a esposa dizendo ter àquela hora uma importante reunião política.

Muito natural e aceito, isto.

Mas se as esposas respectivas, cansadas de os esperar, saíssem para a rua em busca de "sucedâneos", ah! então aos maridos assistiria o direito de pular do leito dos prostíbulos de revólver em punho para irem massacrar as esposas cruelmente!

Interessante! Num século em que nem sequer mais se admitem reis liberais, adota-se em relação à mulher a mesma legislação do despótico e cruel Império Romano! E completamente ignorante, sem conhecer o seu próprio valor, sem analisar as leis que a governam, a mulher curva a cabeça!

Os homens reconhecem a cruel injustiça, mas, egoístas que são, uma vez que tal injustiça só lhes proporciona vantagens, calam-se e para disfarce acatam uma religião *ad hoc* inventada para manter ferreamente a dolorosa escravização da mulher. Vendam-lhe os olhos e soltam-nas assim cegas pelo mundo semeado de precipícios. E querem que elas não tropecem e não caiam!

Eduquem os homens à maneira das mulheres, e verão o que disso resulta. Fechem-nos em convento a fazer crochês e a rezar e verão em que tristes imbecis e histéricos se tornarão eles.

O que mais fazia pasmar a Cláudia era observar o abismo de ignorância em que viviam as prostitutas. Na maioria analfabetas e de uma estupidez crassa, falando como papagaios, imitando e reproduzindo o que ouviam os homens dizer. Supersticiosas até a loucura, chegavam a mandar rezar missas para que conseguissem bons *michés*. Colocavam oleografias de santos sob o travesseiro para que o *miché* fosse generoso e não se demorasse muito.

Jamais conseguira Cláudia encontrar entre estas desgraçadas uma livre pensadora ou uma protestante.

Os preconceitos cegavam-nas de tal modo que

a si mesmas todas se chamavam perdidas, como se isto fosse a coisa mais natural do mundo.

Tinham-se como coisas podres, almas deterioradas e nem sequer indagavam por um instante se aquele estado de infâmia era ou não justo, nem por que razão se achavam metidas nele, quando podiam ser, naturalmente, advogadas, médicas, condutoras de autos, parteiras, deputadas, funcionárias públicas — as coisas que os homens são, em suma. Não tratavam de saber qual a superioridade que tinham sobre elas os homens que lhes compravam os corpos. Consideravam-se como utilidades econômicas, semoventes insensíveis, sujeitos a rebates de preços à proporção que se lhe ia deteriorando o físico. Mercadorias que ao envelhecer só podem ter um destino: a lata de lixo.

É tal a educação da mulher que ela passa pela vida de olhos fechados, sofre todas as ignomínias sem jamais sentir a menor veleidade de se defender.

A solteirona padece todos os martírios, desde o ridículo duma falsa situação social, alvo permanente da chacota das outras mulheres que conseguiram dote para comprar marido, até os horríveis ataques de histerismo, lógicos num sistema nervoso em pandarecos por força de recalque.

Vive só, em abandono completo, sem um carinho na vida e cala-se.

Vive morta, e antes de conhecer a solidão do túmulo, onde ao menos descansará, morre aos poucos em plena vida, sem nunca dar expansão ao mais forte dos seus instintos, o sexual.

Torna-se ente completamente nulo que vive aguado a contemplar o gozo dos outros. Tudo lhe é negado, e todos se riem da sua "virtude".

Só um poeta pode ter a intuição e compreender o quanto é triste o sono eterno destas infelizes, perturbado pelo rumor dos beijos que não tiveram.

Namorados que andais, com a boca
[transbordando.
De beijos, perturbado o campo sossegado.
E o casto coração das flores inflamando
Piedade! Elas veem tudo entre as moitas escuras...
Piedade! esse impudor ofende o olhar gelado
Das que viveram sós, das que morreram puras![5]

Deus te guarde, Bilac!

A prostituta sofre outro gênero de humilhações, e todos os desprezos, e todas as torturas. Tem um corpo que não é seu, mas de quem o paga, corpo enterrado vivo no lamaçal de uma volúpia

---

5 Versos do soneto "Virgens mortas", de Olavo Bilac. A autora comete ligeiros lapsos de pontuação na transcrição. Seguem os versos corrigidos: "Namorados, que andais, com a boca transbordando/ De beijos, perturbando o campo sossegado/ E o casto coração das flores inflamando,// — Piedade! elas veem tudo entre as moitas escuras.../ Piedade! esse impudor ofende o olhar gelado/ Das que viveram sós, das que morreram puras!". Olavo Bilac. *Poemas de Olavo Bilac: Seleção de poemas*. São Paulo: Melhoramentos, 2014.

de que ela é apenas parte mecânica. Esta volúpia, fonte de gozo para os outros, só lhe produz cansaço físico e martírio moral.

Sente a alma espezinhada morrer dia a dia até sumir-te de todo, deixando vazio um corpo de megera gasta, coberto de rugas e cicatrizes — hieróglifos que escondem a história dos mais horrendos martirológios.

Na velhice a mão implacável do tempo confunde a virgindade intacta da solteirona com a carne triturada da rameira. As rugas de ambas denunciam as duas pontas do mesmo crime social, da monstruosidade que cria tais vítimas, e lá vão as duas para o pasto dos vermes indiferentes. Esses filósofos comem com igual gula a carne das virgens intactas e a pelanca das que em vida gemeram sob a mão de ferro do egoísmo do macho.

Cláudia, às vezes, ao contemplar nos *cabarets* uma ou outra prostituta velha que por lá aparecia, lembrava-se das solteironas da sua terra. Tinham a mesma fisionomia cansada, o mesmo ar de amargura nos cantos da boca, as mesmas pálpebras caídas e murchas. E o que mais a impressionava naquelas caras era o desgosto, a decepção da vida...

Os homens podiam gabar-se das suas criações! Esses dois entes, fora das leis da natureza, eram puras invenções suas. Foram eles que criaram a ideia de obrigar a mulher a conservar-se virgem após a puberdade. Foram eles que lançaram o anátema sobre as que fugiam de submeter-se à inominável exigência, quando, por serem pobres, não podiam adquirir marido. Foram eles os inventores da mulher pária. Eles, os histéricos criadores de religiões antinaturais, hostis à saúde e à higiene, fonte de martírios, sofrimentos e lágrimas. Eles, os legisladores que só legislam para si.

Para o sexo do legislador, tudo, tudo! Flores, risos, honras, alegrias, ambições e glórias!

Para o sexo legislado, nada, nada! Espinhos, lágrimas, indignidades, amarguras, prostíbulos!

XIII

Na pensão onde morava e nas que frequentava, Cláudia via coisas espantosas. Uma a uma as ilusões da sua infância se despetalavam como rosas emurchecidas.

A sociedade que lhe haviam ensinado a respeitar aparecia-lhe como era, renda sórdida e suja, de malhas arrebentadas, pendendo aos trapos, mas querendo ainda simular o Alençon.

Todas as regalias que um punhado de espertalhões gozadores outrora se outorgaram caíram diante da cólera do povo farto de ser tosquiado em nome de uma religião cuja única mira é enganar a plebe. A resignação de antanho fora-se, acossada pela miséria das classes pobres. A fidalguia, vivedoira de pensões pagas pelos reis tão inúteis quanto ela, desaparecera, tragada pela crítica e pela revolução. Por que, então, só havia de permanecer escrava a mulher? A educação retrógrada dada às moças põe-nas sujeitas a todas as reviravoltas da fortuna do homem. Hoje, milionárias, amanhã vítimas das prodigalidades de um marido imbecil, pobres e sujeitas a todas as contingências da miséria!

A aristocracia moderna, perdendo o apoio da realeza ausente, procura subsistir à custa de títulos ridículos comprados ao Águia Mor que se convencionou chamar Papa. Mas só se conserva numa geração. A balela de nobreza do sangue com hereditariedade das qualidades fidalgas desapareceu com os tronos.

Só um valor ficará de pé: o individual. Sobre quem pode subir, pela inteligência, pela astúcia, pelo dote da mulher. As heranças deixadas a herdeiros inúteis apenas vinham aumentar o número dos pobres, uma vez que o filho na maioria dos casos só herdava o dinheiro e o dissipava sem saber recompor o capital.

Era esta sociedade mutilada que Cláudia contemplava nos chás, nos teatros e nos "*Cabarets* chics".

Os chás elegantes eram para ela um encanto. Pelas pequenas mesas espalhadas pelo salão, os casais, não raro adicionados de mais um *tercius*[6] – cuja relação com a mulher era sabida – se exibiam. Formavam os casais legítimos, cuja parte

---

6   A grafia correta, em latim, é *tertius*.

feminina, mencionada nas folhas mundanas, era "a digna senhora".

Havia também os casais formados por almofadinhas audaciosos que desprezavam as virgens casadoiras pela cortesã, enquanto não se viam obrigados a casar para resolver o problema das dívidas.

Não raro, um impudente velho casado que levara sua amiga. Nesse caso, para respeito das conveniências sociais ou para prevenir um divórcio que o deixaria em má situação, sentava-se longe da querida, ficando a observar-lhe os saracoteios nos braços dum galã ousado.

Os olhos dos convivas brilhavam como aço à procura dum ímã. Quando o encontravam era um *flirt* que se não sabia onde iria ter.

O jazz uivava às vezes como o vento pela frincha das portas; outras, repipocava os seus pandeiros e banjos, fazendo lembrar a música dos pretos d'África.

O compasso da melodia, ora apenas delineado, ora exageradamente sublinhado por chocalho brandido por mão senhora de ritmo impecável, tornava a música de um sensualismo bestial.

O contato dos corpos era exasperante.

Alguns pares mais ousados enclavinhavam as pernas, dos joelhos às coxas, movendo-se em ritmo nitidamente sexual.

Nos intervalos do mexe-mexe, alguns rapazes, receosos de indiscrição, ausentavam-se por um instante a fim de se recomporem. E logo tornavam à orgia...

Como eram modestas as bacanais romanas ao lado da farra moderna, apimentada com hipocrisia que cobre de suas vestes anatômicas raquíticas, banhas molengas, das que fazem o desejo fugir às léguas! Os antigos ao menos eram coerentes nas suas bacanais, visto que consideravam os prazeres da carne por igual consentidos ao homem e à mulher. Mas hoje, como ajustar os preceitos da moral em uso com a sua prática? Como compreender que uma mulher rica faça impunemente coisas que lançariam a mulher pobre no monturo do prostíbulo?

Este "chique" de uma virtude ausente não será para avivar o paladar cansado dos gozadores?

Aquelas bambochatas de chás e outras formas de aproximação sexual davam como resultado a concorrência que a mulher casada e rica fazia à cocote. Concorrência desleal porque entrava no mercado como mercadoria grátis e ainda por cima abarrotava a praça, obrigando a prostituta profissional a aceitar o preço que lhe impusessem.

Depois da excitação das danças a casada saciava o seu apetite, mas à solteira só lhe restava o recurso do *auto-apaisement*[7].

---

7 Em francês, no original, refere-se ao apaziguamento por conta própria.

E os médicos que se arranjassem com as virgens excitadas e nervosas, acalmando-lhes os ataques com bromuretos!

E era para salvar do perigo da sedução aquele punhado de mulheres, cuja única virtude consistia no dinheiro, que se permitia a inominável barbaridade do bordel disseminado pela cidade inteira!

Segundo os velhos moralistas gagás, os bordéis constituíam o único meio de livrar da concupiscência feroz do macho solteiro a jovem, dita inocente, e a mulher casada. Mas raras vezes Cláudia via nos bordéis homens solteiros. Ao contrário, o que ali pululava eram os casados. O solteiro não é tão tolo para pagar mulheres quando, sendo ainda jovem, possui bastante encanto para seduzir meninas pobres e mulheres casadas.

A menina pobre seduzida e abandonada vai alimentar o bordel, para que mulheres ricas e bem-dotadas fiquem ilesas no seu pedestal de virtude aparente.

Ah! a moral dos moralistas velhos e impotentes, que não comem mais carne porque lhes faltam os dentes!

Que ganas de rir lhe dava a moral!

O que mais a fazia sofrer era ser obrigada a conservar-se naquela vida odiosa de açougueira de carne viva a fim de sustentar a linha de uma posição falsa e infame, mas da qual não podia fugir mercê da falta de habilitações para o exercício de uma profissão limpa.

Às vezes abria um pequeno estojo de desenho, única recordação da sua infância, e recordava-se da sua vocação para a pintura. E brandia no ar o punho cerrado, em gesto de ameaça contra a família que lhe negara aquela senda. Na opinião dos seus ela era mulher, e não lhe ficava bem outra profissão a não ser a de anjo do lar. O lar fugira com o dote, e a menina à qual eles achavam impróprio que fosse uma pintora e convivesse com artistas era agora uma prostituta!

Oh, Deus! Mas ser solteirona é ainda mil vezes mais triste do que ser prostituta! Mal por mal, o menor. Ao menos, como prostituta, vivia. Perdia aos poucos a alma, estraçalhada pelo desgosto moral, mas vivia. Sua carne, se não conhecia ainda o amor, o estremecimento divino de um beijo apaixonado, já gozara momentos de volúpia que não eram de desprezar. Pelo menos seguira a lei da natureza, que se não submeteu o desejo humano a uma época fixa de excitação, como entre os irracionais, foi porque adivinhou o vazio da vida do racional sem o gozo livre.

A natureza permitia-lhe gozar diariamente as sensações deliciosas do beijo. Por que havia então de, por vontade própria, submeter-se ao ascetismo imposto por uma sociedade hipócrita? Se o homem tinha o direito de beijar quantas vezes quisesse, por que havia ela de pôr um cadeado nos seus desejos?

Os homens dividiram a mulher em duas categorias de servas: prostitutas obrigadas pela fome a dar-lhes gozo; esposas para lhes trazer o dote e lhes servir de dona de casa e enfermeira.

Que coisa interessantíssima se vê no recesso dos lares à noite! Em casa nenhum homem, mas senhoras de fisionomias cansadas, muitas na flor dos anos, ainda crianças e já com filhos e ares de matronas envelhecidas.

Cláudia reparara sempre na cara das mulheres. Raramente via entre as realmente honestas um ar feliz. Todas tinham no rosto cansado escrita a palavra desilusão. A salafrarice do marido egoísta que nelas procurara apenas um meio de subir depressa muitas vezes lhes aparecia, ai delas!, logo no primeiro ano de casadas. Para algumas a lua de mel, esperada tão ansiosamente, apenas fora uma farsa. Orgulhosas na maioria, tudo calavam, mas o sinal indelével do desgosto estampava-se-lhes no rosto entristecido.

Não, a vida da mulher nada tinha de agradável!

Vivem num inferno de exigências estúpidas, privadas de tudo, e jamais refletem nisto, jamais ponderam que a natureza não criou nenhum ser para a escravidão e a dor.

A dor natural é apenas uma proteção ao organismo, um sinal de alarme.

Até a vantagem que a natureza concedeu aos racionais de poderem acrescentar ao amor sensual um sentimento afetivo foi deturpada pelo homem com a invenção do dote. O que devia ser espontâneo e desinteressado transformou-se em negociata. Viam-se muitas vezes rapazes apaixonados por raparigas pobres abandonarem-nas por um bom cheque trazido por uma mulher que só lhes despertara na alma a cobiça.

Era destes casamentos malditos que nasciam seres como ela, Cláudia, filha da paixão de sua mãe e da ganância de seu pai.

E tudo isto por quê?

Porque uma mentira secular dizia ao homem: "Comerás teu pão com o suor do teu rosto"; e à mulher: "Parirás na dor".

Mentiras que caem à mais leve análise, uma vez que quem come o melhor pão são os parasitas que jamais suaram, e que as cortesãs, rainhas do mundo, jamais conhecem a dor do parto.

Mentira! mentira! mentira!

Demais, o parto doloroso é ainda uma invenção do homem que tem por hábito falar com ousadia de assuntos que por natureza jamais poderá conhecer praticamente.

A mulher grita quando dá à luz? Grande admiração! Se urra por causa de uma barata! Se tem ataque quando espeta um espinho no dedo! Nem outra coisa é de esperar já que a criam como boneca.

Observem a mulher da roça. Vejam se grita e se no dia seguinte não está firme no trabalho. Vejam as desgraçadas ao léu que têm filho às ocultas em W. C. para que os patrões não o percebam e não as ponham na rua.

Sórdidos machos, inventores de baboseiras! Vejam se elas gritam e exigem médico, parteira, enfermeira.

A natureza não seria tão néscia que fosse fazer doloroso o ato da reprodução da espécie. Ela, que espalhou o prazer a mancheias, fazendo nascer do instinto de conservação a fome, prazer que se renova algumas vezes por dia.

Se o parto fosse doloroso o mundo estaria deserto, os pobrezinhos que estendem as mãos à caridade seriam menos numerosos e a carne mais rara em nossas mesas.

O que há de interessante nesta mania do homem querer a todo o transe definir a mulher de maneira que a definição se coadune com as exigências dos seus preconceitos são as contradições em que caem. Nada pior que a mentira, porque uma puxa outra por necessidade de coerência. Assim é o homem. Ora diz que a dor do parto é sobre-humana e que a mulher que suporta é heroica, santa e forte (isto sem nunca ter provado do guisado). Ora assevera que a mulher é um ente fragílimo (v.g. as enceradeiras de casa e as abanadeiras de cafés nas fazendas). Compreenda-se! Eles só dizem o que lhes convém e de modo que o cetro de senhores do mundo não passe para as mãos das mulheres.

Mas que sosseguem. A evolução, que já permitiu o banimento da fidalguia russa e o assassínio do czar e seus filhotes, há de surripiar das mãos do homem esse cetro. E a humanidade será mais feliz nesse dia, porque as feras nas florestas são mais felizes do que nós, pelo menos mais livres, e nas florestas quem manda nos filhos é a mãe, pois o macho ainda não conseguiu implantar lá o regime do dote.

Por motivos irrisórios excluem a mulher dos jogos esportivos e depois vêm a campo a dizer que ela é inferior ao homem na arena! Troquem os papéis. Eduquem a mulher no esporte desde pequena, ponham o homem no crochê e veremos qual é o queixo que sai ileso da luta. Não venham com o argumento dos órgãos femininos e do cuidado que merecem, pois que se existisse algum zelo por esses órgãos fechar-se-iam os bordéis.

Ninguém poderá provar que num belo torneio de qualquer esporte os órgãos femininos sofram mais do que num leito de prostíbulo, onde há mulheres que às vezes satisfazem o desejo de uma dúzia de homens por dia, e não escolhem...

Os ilustres gozadores que aproveitem o seu triste fim de reinado. A escrava já está abrindo os olhos. O 89 das mulheres não tarda. A Bastilha dos preconceitos já começa a estremecer pela base. Mais um esforço e ruirá.

As mães que até hoje têm atado lacinhos de fita nos cabelos das filhas já começam a pôr de lado o enfeite, substituindo-o por penteados mais simples que permitam à criança prestar menos atenção ao espelho e mais ao livro.

A prova do egoísmo masculino já está tirada, e as mães sabem que no futuro as filhas só terão apoio num diploma. A imagem das jovens abandonadas, a baterem nas portas dos prostíbulos para se socorrerem das caftinas, dá força e audácia às mães modernas, fazendo-as repudiar os preconceitos e dar uma educação prática às filhas.

XIV

Mas Cláudia fora educada à moda antiga, e não sabendo como fugir ao horror da sua vida, deu de pensar no suicídio. Uma náusea imensa a mantinha na cama noite e dia, sem coragem de coisa nenhuma. A vida odiosa, incompatível com seu temperamento de mulher inteligente, ainda mais cruel se tornava em Flumen, no meio de seus patrícios.

Emigrou.

Buenos Aires, com sua população de grande metrópole, pareceu-lhe o melhor refúgio. Organizou um pequeno repertório de canções e embarcou.

E foi dois anos depois de chegada a Buenos Aires que conheceu o amor.

Era noite. Estavam reunidos num *cabaret* lindos homens e lindas mulheres.

Uma camarada lhe dissera certa vez em Flumen que Buenos Aires era meio impróprio para uma mulher fazer vida. Havia homens tão belos às portas dos cinemas e nas casas de chá que a mulher saía à procura de *miché* e voltava com gigolô.

E de fato, os argentinos lhe pareceram muito sedutores, verdadeiras tentações.

O salão resplandecia. Smokings impecáveis nos homens, *toilettes* maravilhosas nas mulheres. Carnes macias de colos e braços nus. Cabeças deliciosas de adolescentes. Olhos negros, lânguidos. Corpos esbeltos, cinturas flexíveis, bem marcadas nos ternos de talho perfeito.

Jazz soluçante. Champanha, flores e pelo ar um perfume tão vivo de vida encantadora que sobrevinha a vontade de deter o minuto que passava.

Cláudia delirou. A vida sorria-lhe como a manhã de primavera sorri à rosa em botão. Momentos havia em que a sensação de bem-estar lhe era tão intensa que seu corpo parecia planar. A realidade desaparecera... Bom momento para aparecer o amor!

E o amor surgiu e envolveu-a no seu manto de fantasias e sonhos.

Fantasias e sonhos do amor, que lindos são para quem ainda desconhece a miragem!

Da primeira vez que amamos, o indivíduo que nos impressiona parece um deus e todos os seus atos divinos. Tudo que lhe sai da boca é gracioso. A primeira resultante do amor é o fanatismo.

Cláudia amava pela primeira vez.

Que beleza o primeiro amor!

O primeiro amor é sempre provocado por um gentil adolescente de cintura delgada e olhos maravilhosos como duas pérolas raras etc., etc.

Interessante que a tal cintura de adolescente não raro corresponde a uma simples barriga, e os olhos, em vez de pérolas, só merecem ser comparados a duas reles contas de vidro.

Cláudia amava pela primeira vez, mas o homem que a fascinava era de fato um belo homem. Corpo flexível de efebo, deixando perceber a sua forma perfeita através do terno elegantíssimo. Olhos meigos, límpidos.

Se ela tivesse escolhido a dedo os traços do homem que seria o seu primeiro amor, não acertaria tão bem.

Estava fascinada.

No fundo do seu ser o coração lhe batia contente num ritmo dulcíssimo, fazendo-a entrever o paraíso.

Após dois anos de peregrinação pelas pensões e hotéis elegantes, convivendo com artistas, Cláudia perdera seus modos acaipirados, tão comuns nas moças do interior do estado de S. Pedro, modos que lhe davam um sainete especial, bastante procurado por amadores de variedades.

Em compensação ganhou elegância, uns langues de sensualismo discreto que faziam dela um bom bocado.

Os escrúpulos que a punham desconsolada à beira da cama, sem coragem de se vender, haviam desaparecido com as suas ilusões. Era agora uma destas cortesãs que prometem. Para ganhar uma joia que a agradasse, Deus sabe o que não seria capaz de fazer! Deixara a categoria das meretrizes, e passara à das cortesãs que possuem pérolas e magnífico guarda-roupa.

De pequena estatura, mas de proporções perfeitas, morena de olhos verdes, era tida como linda mulher.

Naquela noite, trajada de rendas verdadeiras, com as espáduas e peito descobertos, deixava ver, apenas velados pela escumilha, as pontas dos seios, rosadas como duas flores de *durazno*.

O rapaz que a fascinava notou a impressão causada e agiu de modo a dançar com ela o terceiro *shimmy*[8] que o jazz atacava, apesar da tromba do marchante que a seguia.

Durante o fugidio minuto do enlace Cláudia conheceu o céu.

À despedida já um encontro se marcara para o dia seguinte.

Uma semana depois Cláudia abandonava o coronel para instalar-se com o seu querido num magnífico apartamento de grande hotel.

A primeira vez que o moço a possuiu, Cláudia achou-se transportada às regiões de ouro das lendas. Ao seu lado, no leito, vendo a sua divina cabeça repousar sobre a almofada, os olhos brilhando meigamente como duas estrelas em noite sem luar, caiu em êxtase, com os dentes cerrados, a língua presa à

---

8 Tipo de dança de salão surgida nos Estados Unidos no início do século XX.

garganta seca, os nervos tensos como sob a ação de um excitante poderoso. Cláudia bebia-lhe o olhar.

A claridade do quebra-luz iluminava a alcova com a delicadeza de um crepúsculo. Aos poucos as cabeças se aproximaram e os lábios se uniram num beijo de amor.

Beijos de amor! beijos de amor! Sois como a esponja que limpa os quadros-negros: num instante apagais da mente todas as tristezas que a brutalidade da vida nela gizou.

A nudez dos corpos se confundia em doce amplexo, a cumprir um sagrado e eterno rito.

Um perfume de carne excitada pelo delírio sexual espalhava-se pelo ar de mistura às essências exóticas que embalsamavam o aposento.

Durante um mês a vida dos dois apaixonados correu regular como uma bebida cara que da garrafa deflui para a taça. Nada os perturbava.

Mas aos poucos, apesar da paixão que a cegava, Cláudia começou a ter a impressão de que estava tratando com um amante profissional.

Um dia não apareceu ele à hora combinada para o aperitivo. Cansada de esperar, a moça foi para casa com o coração triste. Ao entrar no elevador deu de rosto com o amigo que abandonara para seguir o querido. Chamava-se André Calvente e era o diretor de um grande banco platino. Cavalheiro finíssimo, apesar de bastante entrado em anos, conseguira manter Cláudia fiel durante muitos meses, usando com ela do subterfúgio que os velhos usam com as amantes moças: cansá-la de longas carícias, esgotar-lhe as energias com beijos que a deixavam exausta...

— Até que enfim te encontro! — exclamou ele logo que a viu.

— Tens algo importante para mim? — perguntou Cláudia.

— Tenho. Preciso conversar contigo. Não aqui. Se me dás licença subirei ao teu apartamento.

— Pois vamos.

Subiram.

Uma tristeza inexplicável se apossara da alma de Cláudia.

Entraram e sentaram-se.

— Então — começou o banqueiro sem preâmbulos —, todo o dinheiro que te dei escoou-se nesta farra de um mês, hein, Claudinha?

Sem compreender perfeitamente a que dinheiro ele se referia, pois não gastara um níquel durante o mês inteiro, a moça abespinhou-se com a pergunta, levando-a a mal.

— Se vens aqui pedir contas do destino que dei ao que é meu, começas mal!

— Por favor, Cláudia, deixa-me primeiro explicar com calma o motivo da minha vinda e depois zangar-te-ás à vontade. Há oito dias no meu escritório falou-se por acaso em teu nome; comentou-se o modo de vida que tens levado nestes últimos tempos em companhia de um homem conhecido por toda a gente como cáften...

— Nem mais uma palavra! Se vieste aqui para injuriar o meu amante, não te posso ouvir!

— Criança! Deixa-me ao menos concluir. Falou-se em teu nome por causa duns cheques falsos, infelizmente tão perfeitos que quando o caixa do banco deu por eles já não havia um níquel do depósito que eu fiz em teu nome ao me deixares.

Sem querer confessar que não tocara no dinheiro, pois já começava a desconfiar do querido e tinha medo de o comprometer, Cláudia lembrou dum que assinara e deixara no cofre. Mas fingiu estar a par dos saques repetidos e respondeu com aspereza:

— O dinheiro era meu, gastei-o, não tenho que dar satisfações a ninguém.

— Mas, pequena da minha alma, os cheques eram falsos!

— Como eram falsos se eu os assinei a todos? — disse ela com firmeza, querendo ainda aparentar uma calma que estava longe de sentir.

Mas a voz lhe tremia. O golpe fora rude em excesso, apanhando-a em pleno sonho de felicidade. Sentia o coração pequenino dentro do peito e tão apertado que estava a sufocar. Tudo mudara num segundo em redor dela. A linda sala de palestra onde gostava tanto de estar no meio das flores e objetos d'arte, apareceu-lhe fria e triste. Amara um falsário! Enquanto com a mão esquerda a acariciava, com a direita imitava-lhe a assinatura e lhe arrombava o cofre!...

A voz do banqueiro de novo se fez ouvir:

— E ele te enganava ainda quanto ao nome. Não

se chama Emiliano Estroeva, mas sim Ivan Stronvask. A polícia já fez investigações. Podes estar certa de que caíste em boas mãos!

Cláudia não respondeu. Na sua mente desorientada as ideias perdiam o nexo. Chamava-se Ivan e não Emiliano! Mentira-lhe até o nome!... Como podia ser possível? Mentira-lhe! Os seus lindos olhos mentiram-lhe! Os seus abraços apaixonados, os seus beijos divinos, os seus delírios de paixão eram falsos como os cheques apresentados ao banco...

Tudo mentira!

— Vais perdoar-me, caro amigo — disse ela ao banqueiro. — Estou indisposta. Peço-te deixar este caso para amanhã. Todavia vais prometer-me nada resolver sem conversar comigo ainda uma vez, sim?

— Pois não, Cláudia. Sabes que em mim tens não só um amante apaixonado, mas um amigo verdadeiro, afeito a perdoar as tuas ingratidões. Ficarei à espera de ordens e se me deres licença telefonarei amanhã de manhã para saber notícias.

— Obrigada.

O ex-amigo saiu e Cláudia ficou como alguém que houvesse levado uma pancada na cabeça: imóvel e de olhar vago.

Bateram na porta: a criada entrou com um telegrama. Entregou-lhe perguntando se não queria o jantar.

— Não — respondeu Cláudia. — Estou indisposta, deixa-me só.

O telegrama era de Emiliano e dizia apenas: "Perdoa-me. Sou muito desgraçado."

Era então verdade tudo quanto dissera André Calvente? E ele não reaparecera para o aperitivo porque tivera receio do primeiro ímpeto de Cláudia ao saber do seu procedimento!

Depois de reler o telegrama seu rosto contraiu-se num ríctus amargo. Debalde tentou chorar, desabafar a mágoa que a oprimia. Os olhos, desabituados do pranto graças ao ceticismo que de há muito neles extinguira as lágrimas, continuaram secos.

A ideia da ingratidão daquele homem que a traíra tão cruelmente transformava o seu amor em ódio.

Abriu uma gaveta da secretária onde havia um retrato do amante. Mas diante da imagem querida de novo o amor venceu.

— Ah! os meus lindos olhos, a minha boca bem-amada! É possível ser-se mau com um olhar tão meigo?

XV

Tarde já da noite, exausta, foi deitar-se no leito solitário onde gozara os melhores momentos da sua vida.

E ia alto o dia seguinte quando a criada a despertou, anunciando que Emiliano voltara.

Logo depois entrou ele, pálido, mas calmo. Ajoelhou-se à beira da cama e tomando-lhe as mãos beijou-as simultaneamente num gesto que lhe era habitual, cheio de carinhosa unção.

    Cláudia, ao vê-lo tão calmo, estourou.

— Em primeiro lugar é preciso que te diga que sei tudo, Calvente aqui esteve ontem.

— Meu amor — respondeu ele sentando-se na cama. — Onde querias que eu fosse encontrar coragem para te dizer que era pobre e estava sem dinheiro para sustentar este luxo em que temos vivido?

— Tens a audácia de alegar esta desculpa? Tu a quem dei todas as provas de amor?

— Como poderia eu saber se eram verdadeiras?

— Por isto preferiste descer à categoria de...

— Peço-te, minha querida Cláudia, que não me injuries. Procurarei ser digno de ti. Mas precisamos deixar esta terra. Tenho inimigos cá.

— E ir para onde? Tu nada sabes fazer e eu não tenho profissão.

— Fica descansada. Ganhei muito esta noite. Se não gastarmos demasiadamente poderemos viver alguns meses muito bem.

    Neste momento o telefone tocou.

— Deve ser Calvente — disse Cláudia. — Que maçada! Que lhe devo dizer?

— Diz-lhe umas banalidades; se ele quiser vir para cá, pede-lhe que deixe para amanhã a visita. Mas não o trates mal.

— Precisas por acaso dele para que eu o não trate mal?

— Nunca se deve tratar mal à gente rica — foi a sua resposta.

Era de fato Calvente.

Cláudia empalideceu ao ouvir o que ele dizia. A questão complicara-se. Um dos caixas dera com a língua nos dentes. A polícia estava à procura de Emiliano. Mas com a maior calma Cláudia disse ao ex-amigo que o amante não aparecera desde a véspera e pediu-lhe que empregasse sua influência para que não a viessem incomodar. Depois, afetando voz dolente, declarou que passaria o dia deitada visto não sentir-se bem.

Desligado o fone, tomou-se de receio de que tivessem visto o amante entrar.

Emiliano tranquilizou-a. Ninguém o vira, a não ser o moço do elevador, habituado às suas boas gorjetas e incapaz de o denunciar. Esperaria a noite para sair e trataria de arranjar passagens para a fuga imediata.

Cláudia abraçou-o, trêmula. Ao seu lado todo o ódio passara. Tinha fé na regeneração do amante. As desculpas dadas entre beijos lhe apaziguaram o coração. Levantou-se para o banho e quando voltou todo o aborrecimento havia fugido.

O almoço correu delicioso, perfumado por um belo ramo de flores que Calvente enviara. Sob a mesinha os joelhos tocavam-se. Era de novo o céu para Cláudia. Os olhos do amante tinham cintilações macias de estrelas ao alvorecer.

Ao café a paz era completa, e o charuto fumado

a dois misturava seus novelos aos dum queima-
-perfumes.

A sesta foi divina.

Emiliano nunca a beijara assim.

Tomara-a nos braços como uma ânfora preciosa e depositara-a no leito com cuidados de artista.

Os seus lábios macios de apaixonado percorreram-lhe o corpo com a delicadeza de pétalas de rosas. Cláudia vibrava em suas mãos como a harpa nas do virtuose aplaudido.

E quando à noite Emiliano saiu estava ela de novo reintegrada na felicidade.

Escolheu o mais lindo vestido, aquele bordado de pérolas que tinha, como o da princesa das lendas, o reflexo do céu e do mar.

Para realce do maravilhoso vestido não pôs joias. Procurou apenas no cofre um anel raro que poucas vezes usava. Mas não o encontrou...

De novo sentiu o coração opresso. Teve a intuição nítida de que tornava a ser desgraçada. Ninguém entrara no quarto, e ainda na véspera, segundo seu hábito, examinara todas as joias e vira o anel. Emiliano o roubara, certamente! Não havia dúvida possível. Era um gatuno relapso! E talvez só o medo de que o roubo desse logo na vista o fizera contentar-se só com o anel. Mas revelara mão de mestre! Era uma joia magnífica que valia só por si todo o resto, com exceção do colar.

Correu ao telefone, pediu ligação para o clube e disse ao banqueiro que viesse imediatamente.

Depois, a passos largos pelo quarto, tentou em vão conter a agitação em que se encontrava.

Uma onda de amargura subia-lhe do coração.

O que a desesperava mais não era o furto em si, mas a pouca-vergonha do amante. Roubá-la e beijá-la, alternativamente!

O banqueiro chegou, informou-se de tudo e deu parte à polícia.

Horas depois o ladrão era preso quando disfarçadamente embarcava para a Austrália. Apreenderam-lhe a pedra do anel já desmontada e costurada na lapela dum casaco. Mas um pedido de Cláudia fez Calvente abafar o negócio, permitindo-se que Emiliano se fosse.

Uma piedade inexplicável nascera-lhe na alma por aquele infeliz. Nem sabia ao certo agora se ainda o amava ou se apenas o lamentava. Às vezes arrependia-se de o ter denunciado. Outras, odiava-o de morte por tê-la ludibriado tanto.

De novo o desgosto da vida entrou no seu coração. O vazio duma existência sem ideal de novo veio martirizá-la.

Nas horas de se entregar ao banqueiro, com o qual se ligara outra vez, fechava os olhos e lembrava-se de Emiliano com saudade e raiva.

XVI

Para o esquecer meteu-se num rodamoinho de orgias desenfreadas. Nem as mulheres lhe escapavam. Atirou-se a aventuras com uma certa Clariska Montero, espanhola ou que tal. Quase da mesma estatura ambas, pequeninas e nervosas, mergulharam-se num safismo que não tinha fim, e começava nos *shimmies* trepidantes, onde os seios eletrizados se esfrolavam, e terminava no leito, com escalas pelo quarto de banho.

O banqueiro, já meio encanecido, ficou de todo branco com os novos caprichos da amiga.

Mas um dia, cansada enfim da espanhola, atirou-se a ele, fazendo-o delirar numa epilepsia de volúpia que o punha semimorto.

Cláudia sentia que aqueles transportes não eram normais, mas por excitação mórbida do vício não fugia a eles, antes os acirrava e exasperava.

Por fim, certa manhã, três meses depois da partida de Emiliano, percebeu que estava grávida. O primeiro pensamento foi abortar, mas reconsiderou, e lembrando-se da caderneta do banco e do cofre das joias já bem cheio, admitiu a necessidade de um herdeiro. Recostou-se nas altas almofadas do leito e ficou pensativa à espera do café e jornais.

Uma grande emoção aos poucos foi-se apossando da sua alma, sempre tão só apesar do reboliço em que vivia. Ia ter afinal no mundo alguém que a amasse, uma vez que sua pobre mãe, algemada aos preconceitos, não o podia fazer. Filho ou filha que tivesse educá-lo-ia com carinho e conforto. Mas que sonho dourado se fosse uma menina! Criá-la para a alegria, para a vida, para o amor! Vê-la gozar de tudo o que à mãe não fora dado! Seria livre, instruída, audaz, vencedora. Dar-lhe-ia uma profissão sólida, a mais linda das profissões liberais. Fá-la-ia advogada para que defendesse a causa das mulheres infelizes, e explicasse à sociedade que o infanticídio que leva ao cárcere tantas desgraçadas não é crime, em face da organização atual das leis, mas sim consequência dela, já que a estúpida ordem de coisas coloca a honra da mulher no seu aparelho sexual, órgão tão exigente como o estômago.

A criada entrou com a bandeja e encontrou Cláudia com os olhos brilhantes, um sorriso nos lábios e os lindos cabelos à Rodolpho Valentino em desordem. Resplandecia. O coração pulsava-lhe mais rápido, enquanto na sua mente, como um badalar alegre de sino, a frase: "Vou ter uma filhinha!" repetia-se mil vezes.

Apesar da criada ser uma velha companheira de muitos anos, nada lhe disse. Conhecia-lhe a língua de trapo, ávida de propalar novidades. Tinha a certeza de que iria incontinente contá-la a Calvente, que logo julgaria seu o filho. De quem tinha ela pegado a criança? Não o sabia. Demais, que lhe importava isto? O pai só quer ao filho quando a mãe possui dote. Mas sabia que o filho era dela. Seria um autêntico filho de sua mãe, um ser que pisaria aos pés todos os falsos preconceitos que a fizeram sofrer.

Passaram-se os dias. Ao sétimo mês receou que Calvente desconfiasse de algo. Simulou visita a parentes e foi para uma vila que às ocultas comprara à beira-mar. Queria ter a criança em paz e em segredo.

Levou livros para matar o tempo e o necessário para pintar aquarelas.

E no terraço do seu lindo *atelier*, posto no alto do prédio, todo fechado de largas vidraças, os seus dias se passaram deliciosos.

Nas manhãs chuvosas e úmidas saía na sua baratinha e com a alma leve percorria as largas estradas. Nas manhãs quentes cavalgava uma linda égua alazã, que apelidou de Clariska em virtude de ser muito fogosa.

E que linda era a vida!

Que boa, que esplêndida coisa era a vida!

A filha, como já ela chamava ao bebê do seu ventre, fizera-lhe esquecer o amante, e cada vez que a sentia mover-se dentro de si um prazer infinito inundava-lhe a alma.

Como a haviam iludido em pequena aquelas malditas histórias do diabo e de um deus vingativo e cruel! Deus, ela o sentia ao seu lado, sorrindo com bondade de amigo. Como se fosse possível atribuir picuinhas e vinganças infernais a um ente que, a existir, seria por força formidavelmente inteligente e *ipso facto*: bom. Não vai a maldade com a inteligência.

Todos os livros que tinha em mão, escritos pelos maiores gênios humanos, só encerravam palavras de piedade para com os infelizes; quando muito, tais espíritos, notando a extrema estupidez da humanidade, considerada em seu conjunto, davam-se ao prazer da ironia. Mas era a ironia que trabalha pela justiça. Haveria, de fato, coisa mais estúpida e visível do que as cenas de fanatismo que vemos diariamente? Cláudia lembrava-se da Juju Valério, cuja tia, para desagravar a oleografia de um coração espetado de espadas que havia na parede da sala de jantar, atirara com ela no olho da rua, obrigando-a a vender-se para comer!

Se houvesse de fato um satanás e um deus, essa megera sim é que seria assada na fogueira purificadora. Na religião dessa megera um deus barbaçudo e cruel dava vícios, paixões e maldades às criaturas para depois deliciar-se com as exalações de torresmos que eternamente evolam das caldeiras de Belzebu.

Debruçado sobre as nuvens, o Deus barbado espia o frigir das Jujus no inferno...

O passo da égua, macio e ligeiro, ressoava nos campos que Cláudia percorria a filosofar. Um perfume capitoso vinha das moitas floridas sobre as quais borboletas planavam silenciosas.

Pouco a pouco um desejo de amor invadiu o organismo de Cláudia. Calculava como seriam deliciosos os beijos dados e tomados naquela solidão. Habituada aos jogos do amor, estranhava muito aquele jejum forçado; mas era preciso, pois só à custa dele manteria o seu segredo.

A criança nasceu de repente, ao voltar de uma das suas habituais cavalgatas.

Para não inutilizar um tapete magnífico, única lembrança de Emiliano, correu ao quarto de banho onde a criada às pressas estendera meia dúzia de panos felpudos. E ela, que sentira um medo horrível do momento extremo, riu a valer quando o médico chegou precedido da parteira, e encontrou-a já recostada na cama. Tivera uma menina, e ali mesmo a batizou com o nome de Liberdade apesar dos protestos dos presentes. Diziam que tal nome, não sendo de santo do calendário, não podia ser adotado. Mas Cláudia manteve-se na sua ideia rebelde.

Já agora não havia mais motivos de estar reclusa, e a solidão começou a pesar-lhe n'alma. Sentia falta do amor. E é lá possível vida sem amor para a criatura jovem e forte?

Voltou para a cidade e levou consigo um quadro pintado na solidão. Representava duas velhas abandonadas na sarjeta. Apenas os trapos indicavam que o calvário de ambas fora diferente. As fisionomias eram as mesmas: olhos cansados e sem cor, boca de cantos decaídos e tão tristes que pareciam soluçar. Dera-lhe o título de: "As mártires sociais".

Quem primeiro o viu foi Calvente, exclamando impressionado.

— Que coisa sinistra! Onde foste desencavar estes modelos?

— Ora, que inocentes os homens! Isto é um pedaço de vida, meu filho! Vê-se a todo momento este quadro pelas ruas, pelas igrejas, pelos bordéis, pelos conventilhos. Achas sinistro? É a obra social. É o retrato de uma meretriz e de uma solteirona na velhice. Pintei o que vi, e não tenho culpa de que a realidade seja sinistra. É obra da moral; a moral, pois, é que é sinistra. Se educassem a mulher para a vida e para o trabalho esta tela não poderia ser pintada.

Calvente ouvia-a calado. Conhecia-lhe as longas tiradas contra a moral e a sociedade. Homem que era, porém, feliz gozador de todas as prerrogativas que os homens conseguiram açambarcar para o seu sexo, para que discutir?

Mas arriscou uma pergunta:

— Que educação queres que se dê à mulher?

— Ora, uma educação racional como a têm os homens, de acordo com as leis da natureza, para que não se dê o que se dá num país muito macaqueado, o qual tendo há séculos adotado o sistema de educar as mulheres como bonecas, vê a sua população ameaçada de desaparecer! Puseram a canga nas mulheres, extinguiram-lhes os músculos e estão em caminho de extinguir-lhes os instintos genésicos, mas a natureza vinga-se, e ai da raça latina se não abrir os olhos! Verá a obra do seu preconceito impressa no físico raquitizado da mulher despeitada e desancada, apresentando um busto completamente chato e umas nádegas, que com o tempo nem lhe permitirão mais sentar-se. Veja-se a estética das latinas em comparação com a das norte-americanas. Aí estão as fitas *yankees* mostrando aos milhares as suas ninfas, mulheres de formas perfeitas, sem os ossos de fora ou sem as banhas que desgraçam a latina.

— E a família?

— A família é coisa muito boa quando se trata de moças ricas, privilegiadas, que têm dinheiro para comprar maridos. Quando falo, refiro-me às classes média e pobre, fonte donde saem a solteirona e a prostituta. Como a imposição de guardar uma virgindade inútil é fora das leis naturais, criam-se as moças como bonecas e só lhes ensinam a olhar ao espelho. Largam-nas depois sós no mundo, sem dinheiro, sem posição e sem apoio de qualquer espécie, uma vez que os homens, despidos dos preconceitos que impõem à mulher, gozam as pobres, mas só casam com as ricas.

— Mas se as moças fossem deixadas em completa liberdade como os homens, teriam filhos, e quem os sustentaria já que achas os homens tão maus?

— Meu caro, tu não me compreendes ou não me queres compreender. Falo em dar liberdade à mulher com a condição de ser ela educada de maneira completamente diversa, de modo a poder viver por si, com o sentimento da sua responsabilidade.

Hoje a mulher põe filhos no mundo com a mesma inocente simplicidade da galinha a pôr o seu ovo. Não cogita se tem meios de dar de comer ao bebê. E em geral confia no papai, mas este, conforme atestam as folhas no noticiário dos inúmeros infanticídios e abandonos de crianças, só se revela protetor da mulher quando ela tem dote. Quando inventou a moral social que lhe dá ampla liberdade de ação, o homem fê-la a seu gosto. Pudera! Demais, digam o que disserem, o filho pertence à mãe. A leoa e a fêmea do tigre do deserto não criam perfeitamente os seus filhotes? São elas por acaso menos hábeis que os leões e os tigres? Entrega a boa galinha ao galo os seus pintos?

O amigo não respondeu. Estabeleceu-se um silêncio, durante o qual Cláudia refletiu no lamaçal que era sua vida.

Lama! Só lama! Nem a sombra de ideal! nada!

Como seria bom ser fera no deserto, longe de tantas convenções hipócritas, de tanto rastejar nojento!

Esperar a caça, rasgá-la nos dentes, sentir-lhe jorrar do coração o sangue quente...

E depois entregar-se às carícias de um tigre...

Aos poucos o vazio da vida começou a pesar-lhe.

O seu temperamento de mulher em plena força e cheia de saúde exigia alguma coisa mais que a bocejante monotonia dos chás e dos *shimmies*.

XVII

Ao passar por Flumen uma grande emoção se apossou de sua alma ao rever a baía encantadora orlada de avenidas por onde tantas vezes passeara o seu desconsolo de revoltada. Ao chegar ao Passeio Público desceu do auto, como sempre fizera outrora, e foi rever as velhas árvores, suas antigas camaradas.

Achou tudo diferente, com grande mágoa sua. Apesar de não ser amiga do passado e detestar tudo quanto é tradição, pois vem da época em que a mulher era ainda mais escrava do que hoje, gostava das velhas árvores que não têm culpa das estupidezes dos homens. Mas as suas mãos não haviam hesitado em cometer o sacrilégio de derrubar uma porção delas. Que pena, serem tão estúpidos os homens!

Pobres árvores tão lindas, tão amigas do pobre, e sempre sacrificadas na Bocolândia!

O dia da passagem do transatlântico pelo porto de Flumen era um sábado. O céu estava luminoso e azul e os passeios crivados de mendigos e de vendedores de loteria.

Que belos expoentes de um país!

O pior era que muitos mendigos, sobretudo as mulheres, tinham o ar perfeitamente saudável, embora a imundice das vestes acusasse uma preguiça atávica. Acompanhavam-nas rabadas de crianças que se espalhavam em perseguição aos transeuntes.

Cláudia acercou-se de uma delas e deu-lhe uma pratinha; depois a interrogou com jeito:

— Por que tem tantos filhos?

A fisionomia da mendiga, ao ver a prata, abriu-se num sorriso, e ela respondeu pudicamente baixando as pálpebras:

— Deus dá.

— Chama-se Deus o seu homem? — perguntou Cláudia.

— Jesus, Maria! não, moça, meu marido chama-se Manoel.

— Então por que diz que Deus é quem lhe dá os filhos? — insistiu Cláudia.

De novo a mulher sorriu com ar velhaco:

— Que é que a senhora quer que a gente faça?

— Ora! Que tenha apenas os filhos que pode sustentar. Não lhe faz pena ver estas crianças passando necessidade? Ande com os homens, se isto lhe dá ganas, mas não tenha filhos. Isso é até um pecado! Nossa Senhora, que era casada com S. José e concebeu do Espírito Santo, só teve um filho. Nem sequer se atreveu a ter uma filha. E a senhora me vem logo com quatro! Quatro filhas! Quatro miseráveis, quatro bocas com fome, quatro corpos para o lixo das sarjetas! Que abominável perversidade!

Ainda se houvesse assistência infantil... Mas o governo lá se lembra da infância metido até às orelhas nos casos políticos?

Os particulares, o que querem é fetiche, imagem, igreja.

Logo ao chegar lera nos jornais que só para erguer um Cristo no morro do Corcunda havia subscrição com mais de mil contos subscritos. Mas os doentes sentavam-se no portão da Santa Casa e morriam ao relento diariamente, como cães, por falta de acomodações. Julgam talvez que Cristo no céu está longe demais para ver a miséria na Bocolândia.

Pobre e incompreendido Cristo! Filósofo bendito, de coração magnânimo, que tanto bem quis fazer e só fez mal! Quantos crimes em seu nome! Quanto manipanso africano espalhado pelos altares, espetado de setas, coroado de espinhos, trespassado de espadas, rodeado de figuras de pesadelo para em seu nome imbecilizar-se ainda mais o pobre povo, já de si supersticioso mercê dum analfabetismo plurissecular!

Ao passar pelo estado de S. Pedro Cláudia verificou o progresso daquele pedaço da Bocolândia. Os casebres infetos que infestavam os arredores de Flumen lá não existiam. Construíam-se escolas por toda a parte. Mas também que diferença assombrosa na população! Parecia um outro país. Cinemas confortáveis e limpos. Gente ativa pelas ruas. Nelas ainda, porém, impedindo o trânsito, alguns basbaques imbecis, mas em menor número e menos ousados do que em Flumen, peritos em de tal modo se atracarem ao calcanhar das mulheres que só lhes deixam um recurso: o suicídio.

Mas, na capital do estado de S. Pedro, uma coisa impressionou Cláudia e a deixou vacilante entre uma gargalhada e um suspiro de piedade. Em pleno coração da cidade estava erguida uma catedral gótica.

Impagáveis os bocós. E danam-se quando os chamam de macacos. Havia dinheiro para erguer aquela montanha de pedra mas não o havia para asilos onde se recolhessem os pobres doentes do sangue que apodrecem pelas estradas, com perigo de toda a população entre a qual vivem soltos.

E nem aos jornais era permitido falar nos infelizes doentes porque os *leaders* do patriotismo achavam que falar neste assunto era desmoralizar o país. E a imprensa, sempre de freio, emudecia, já tão habituada ao rebenque que nada mais lhe causava mossa.

Que diferença dos Estados Unidos, onde as igrejas eram simples e modestas, mas as instituições de assistência, verdadeiros templos, onde de fato se obedecia a palavra de Cristo dando mão aos infelizes!

Os bocós fazem questão fechada, como os povos da Idade Média, de catedrais, procissões, ídolos. Não compreendem que a treva, a miséria, a podridão, a ignorância daquelas épocas de pestes, fome, guerras e mil horrores era consequência do hebetamento pela superstição.

Mas, Deus do céu, como pode ainda hoje em dia haver complacência para estes remanescentes de paganismo, com passeatas de andores pelas ruas, expondo à luz do sol manequins de cera pintada muito bons para ficarem no escuro das igrejas onde ao menos ninguém pode lhes analisar as carantonhas mal achavascadas!

XVIII

Ao continuar a viagem Cláudia teve uma boa surpresa. Havia a bordo uma patrícia, quase conterrânea. Chamava-se Cecília Amargo. Logo no primeiro dia fizeram camaradagem, e a palestra entre ambas era tudo quanto havia de mais interessante. A Cláudia, apesar de não possuir a cultura de Cecília, não faltava inteligência e espírito observador. Como metiam a riso a estupidez dos preconceitos que tentam obrigar as virgens a ignorar as sensações de um órgão que traziam no corpo! Órgão que eram obrigadas a manipular e muitas vezes, ai delas!, a mostrar aos médicos, porque a virgindade, longe de se conservar, deteriora-se, quando mantida contra as leis da natureza depois da puberdade.

A virgindade, segundo o egoísmo masculino, é uma coisa santa, mas havemos de convir que nem sempre as coisas santas soam bem.

Às vezes debatiam política ou questões sociais.

Cecília, amiga de ler e de observar, conhecia algo dos bastidores de onde os espertos dirigiam a Bocolândia. Conhecia a sordidez dos interesses mesquinhos de que resultava a política tão nociva à nação. No bar à noite havia sempre uma boa ceia para aperitivo das farras. Então só se discutia amor. Que bom que é falar de amor quando se tem um delicioso charuto entre os lábios e alegres camaradas em redor! As frases brotam espontâneas, às vezes com graça, às vezes insulsas, mas o auditório ri sempre.

Quando a sós no camarote de Cláudia, onde se reuniam por ser um esplêndido apartamento, continuavam as pilhérias.

Um dia Cláudia invectivou Cecília:

— Não posso compreender-te, cara amiga! Passaste os almofadinhas de bordo, passaste os almofadas, e agora estacas num almofadão. Gostas de coisas velhas?

— Formosa Cláudia — respondeu Cecília —, em amor não há coisa moça nem velha. Há coisa gostosa. Um velho pode ser muito mais saboroso que um jovem. Demais, aprecio os pratos *faisandés*. Temperamento? Capricho? Sei lá! Este velho, que injustamente chamaste almofadão, produz no meu ser sensação equivalente à produzida em meu paladar por um bom presunto regado de vinho generoso. Não quer isto dizer que eu despreze os bifes à inglesa e os vinhos verdes, quando bons. A natureza deu-nos com a inteligência o poder de variarmos as nossas sensações ao infinito. Por que havemos de desprezar sua dádiva?

— Já que estamos no terreno das impressões, muito desejava saber como perdeste a tua virgindade?

— Ah! a minha virgindade! Queres saber de uma

coisa, Cláudia? Eu lidei tão cedo com os meninos que para falar francamente nem sei se fui virgem. Educada sem luxos, qual uma selvagem que segue todos os instintos da natureza bondosa, quando aos 16 anos tive de fato relações carnais com um pequeno da minha idade, nada mais sentia além da deliciosa revelação do prazer.

— Como se explica — disse Cláudia — que eu não tenha tido essa revelação ao iniciar-me?

— É que, ou ele não era proporcionado a ti ou por defeito de posição não houve o contato necessário. Essa proporcionalidade dos parceiros é, apesar de pouco atendida, a base da vida feliz de um casal. O casamento como é feito está errado. Vê-se mesmo que é obra do homem. Ele nada perde! Se não há proporções adequadas, a sociedade lhe dá direito de procurar fora o prazer que o casamento lhe nega. A mulher que se dane. No caso de excesso masculino, logo nos primeiros dias do casamento a mulher fica inutilizada. A família sabe, o médico sabe, mas calam-se todos. A igreja que instituiu o casamento eterno... para a mulher, não tem culpa, se lhe coube quinhão excessivo. Tivesse sorte! E há assim pelo mundo, aos milhares, mártires desgraçadas em consequência da desproporção. E desta necessidade de satisfação sexual em que vive a mulher constantemente é que nasce o seu nervosismo, histerismo, beatismo, visionismo. Santa Tereza de Jesus, Joana D'Arc, Bernadette e outras visionárias eram histéricas. Por mim, quando vejo uma mulher com ataques, tenho ímpeto de chamar um labrego e dá--lo à mísera em vez de bromureto, pois é de homem que ela precisa.

Os médicos sabem-no perfeitamente, mas não são tolos de tocar no assunto para não meterem a mão em cumbuca. Demais são homens e nada lhes falta.

Com as mulheres dá-se o mesmo que se deu com os pretos. A fim de lhe terem o serviço de graça, os aguiões espalharam que eles eram uma raça menor, amaldiçoada como Caim. Vieram os libertadores e aí estão eles hoje nivelando-se em inteligência com os brancos.

— Como tens razão, Cecília! — murmurou Cláudia.

Houve uma pausa. Um balbuciar de criança fez--se ouvir atrás da porta.

— Há criança aqui por perto?
— Há sim! Por sinal que é minha filha.
— Então tens uma filha e ainda não me apresentaste?
— Falta de tempo, cara amiga. Vou já remediar a falta, mas aviso-te de que vais ver uma autêntica filha só da mãe.
— Ora, Cláudia, filha só de mãe são todos os entes do mundo. Já viste por acaso um homem, um touro ou um cão dar à luz filhos?

Cláudia saiu para logo depois voltar com a pequena. Era uma linda criança, muito dada e graciosa, sabendo sorrir com infinito encanto, a mostrar dois dentinhos que repontavam.

— Então, não tens a certeza quanto ao pai? — perguntou Cecília.

— É verdade.

— Mas a criança não se parece contigo, Cláudia; é fácil, pois, observar com quem ela se parece.

— Parece-se com uma espanhola chamada Clariska.

— Não hás de querer convencer que esta espanhola foi o progenitor de tua filha?...

Cláudia desferiu uma gargalhada.

— Não, por certo. Mas apesar de não ser uma viciada, em certa época de grande desgosto procurei esquecê-lo nos braços dessa espanhola, e de tal modo que a criança lhe tomou os traços.

Dizendo isto Cláudia foi buscar um retrato da Clariska e mostrou-o a Cecília.

De fato, a semelhança era perfeita!

Cláudia beijou a menina com infinita ternura, murmurando:

— Tu serás feliz, serás feliz! Teu nome, ainda não poluído por nenhuma das inumeráveis escravas que se chamam mulheres, será como um símbolo, joia de minha alma!

Cláudia representava bem a verdadeira mãe adorando a carne da sua carne, sem receio da intervenção de um macho brutal.

Separaram-se já altas horas da noite.

— Vem almoçar comigo, amanhã, Cecília. Sempre se está melhor do que no salão.

Assim as duas amigas passavam os dias a conversar e trocar ideias.

Cecília gostava de falar sobre política, embora Cláudia não a compreendesse muito bem em tal assunto.

— O pior que se passa no país vem por culpa da imprensa. Os jornais, nas mãos de potentados ou sujeitos sem escrúpulos, só fazem oposição de achincalhe com o fim único de atrair leitores e enriquecerem depressa. Não discutem ideias. Basta te dizer que num país de 30 milhões de habitantes só há um jornal limpo, *O Estado de S. Pedro*. É o único que procura guiar o leitor, esclarecê-lo com calma e educá-lo. Os outros só cuidam de injuriar e sujar a zona, e de tal maneira o conseguem que ao cabo ninguém mais sabe quem é o cidadão digno ou o indigno. Muitas vezes ocupam colunas da folha diária para dizer que a filha do milionário X vai ser desfolhada pelo almofadinha Y. Isto com ditirambos entusiastas como se fosse um caso nacional. Outras vezes, com pormenores irritantes, contam de uma princesa de além-mar, que nove meses depois de desfolhada deixou sair sólido o que entrara líquido... E com fatos assim insignificantes enchem suas colunas. O cronista, à falta de tema, frequentemente põe a ridículo as mulheres feias e a solteirona, usando das mesmas chalaças de cem anos atrás.

O voto é o meio de vida do capanga que apenas sabe assinar o nome. E um juiz pedrista teve o desplante de negar o direito de o exercer a uma senhora diplomada por um curso superior!

Para este país medieval a mulher bocó nasceu apenas para ser serva.

Quando muito, se algum dia cair ela ao desamparo, poderá ser prostituta.

Pobre Bocolândia!

Na época em que o feudalismo desaparece da memória dos povos civilizados, tu perseveras nele e curvas aos seus grilhões o teu dorso de gigante, cego pelo analfabetismo secular!

Quem te salvará, pátria querida?

Quem terá a coragem de fugir ao agachamento geral e erguer a voz que desperte as energias do povo?

XIX

As águas azuis do Atlântico, as mesmas que embalaram as caravelas, beijavam o casco da nave moderna, refulgente sob os raios do sol.

Como é linda a vida!

– Cecília – disse Cláudia olhando para o mar –, estamos próximas do termo da nossa viagem, pois creio que também segues para Paris.

– É verdade.

– E que pretendes fazer lá?

— Ora, Cláudia, tu ainda o perguntas? Vou imitar nossos patrícios, fazer amor na capital do mundo.

— Caramba, Cecília! És um sátiro! — exclamou Cláudia.

— Uma sátira, deves dizer, Cláudia.

Riram-se.

— Deixemos, porém, de pilhérias — disse Cecília. — O que vou é trabalhar. Só se pode gozar a vida quando se trabalha. Depois do amor, a menor invenção da natureza foi a atividade do cérebro e dos músculos. O vadio ou indolente morre neurastênico. A vida é boa, os prazeres são divinos, mas para gozar a vida e saborear os prazeres é preciso uma coisa, Cláudia: sentir a necessidade do repouso. E isto só nos pode proporcionar o trabalho. Ao trabalho, pois, cara amiga!

— Cecília, por que antes de partir não pregaste um pouco das tuas ideias? — perguntou Cláudia.

— Para quê, Cláudia? Para quem? Não podes calcular, cara amiga, a que ponto de imbecilidade chegou a mulher na Bocolândia. Negam-lhe todos os direitos, e os jornalistas, talvez por ironia, para elas reclamam de vez em quando... o banco dos bondes! A civilização de um país mede-se pelo valor das suas mulheres. Veja os Estados Unidos, veja a Inglaterra. Lá a mulher é livre. Escravas só podem criar escravos. Há oito mulheres na Câmara da Inglaterra e no Brasil os juízes negam o direito de voto a uma diplomada enquanto o concedem a milhares de capangas analfabetos!

As bocós, imbecilizadas pelo fetichismo de uma religião que adora ídolos nas igrejas, só sabem uma coisa: rezar.

Ah, fica certa, se as preces valessem de alguma coisa, se os manipansos tivessem poder, a Bocolândia seria hoje o primeiro país do Universo!

Mas como poderá um país com 80% de analfabetos ser alguma coisa?

O povo rural, o eterno pagante, pita de cócoras à porta das taperas, enquanto a mulher, com uma rabada de crianças opiladas, faz mandinga para que o marido não se perca com as raparigas.

Os maridos com as raparigas, as mulheres com os padres e está salva a pátria!

A prostituição alastrou-se como chaga num corpo indefeso. A mulher deixada completamente sem instrução, supersticiosa e crédula como as pretas do centro-africano, quando se vê nas aperturas da fome atira-se a vender o corpo, único recurso que a moral lhe deixa.

— Cecília, como é que tu defines a nossa moral?

— A moral é tudo quanto é imoral na natureza, e vice-versa. Parece paradoxo mas não é. Exemplifiquemos: a moral sendo uma coleção de preconceitos tendentes a escravizar os instintos humanos, especialmente os femininos, cria *ipso facto*, pela compressão desses instintos, a prostituição e o infanticídio. Ora, como a prostituição e o infanticídio são atos contrários às leis da natureza e imorais portanto, a moral que os cria é imoral.

— Tens razão, Cecília. Mas que fazem os senadores e deputados que não estabelecem leis tendentes a corrigir a educação da mulher?

— Ora, estes ilustres senhores passam tempo a discutir casos pessoais e a tramar a escolha do futuro presidente. O tempo que lhes sobra empregam-no em farras. Há um sábio artigo na Constituição que indica um planalto no centro do país para nele ser erguida a Capital. Mas os nossos camaristas, meninos cheirosos ou velhos mimosos, têm medo de estrepes e do bicho-de-pé. O que querem é a Flumen bataclanizada para que possam gozar as francesas longe das queridas esposas. Uma cidade como Flumen não pode ser a capital de um país. Capital é uma espécie de cérebro, e Flumen quando muito pode ser o sexo. E todos sabem que o sexo, longe de governar, desgoverna.

XX

Em Paris Cláudia teve uma grande consolação. Logo depois de chegada viu numa frisa de teatro, meio dissimulado na sombra, o médico que a requestara em seu tempo de rica. Estava na companhia de uma cortesã luxuosa.

Num dos intervalos reconheceu-a e veio cumprimentá-la.

Depois das exclamações usuais em tais encontros, Cláudia, que estava doida por saber quem fora a vítima que permitia ao médico pobre aquele prazer caro, interrogou-o com jeito. E riu-se intimamente ao ouvi-lo dizer que fora a irmã da Joaninha Matos.

Assim o papai trabalhava na roça para os genros gozarem a vida em Paris!

Ah! Pecado contra o pecador!

Davam educação idiota às filhas, e a consequência era os genros deixarem-nas em casa enquanto se gozavam dos cobres com outras. Bem feito!

— Então, realizou afinal o seu sonho dourado, doutor: gozar as francesas!

O médico sorriu, satisfeito.

— E onde está sua mulher? — continuou ela.

— Está no hotel. Pretextei um negócio e saí.

E voltando-se para Cláudia, com os olhos brilhantes de desejos:

— Você está deslumbrante, filhinha!

Mas Cláudia sacudiu os ombros e despediu-se. Já sabia o que queria saber.

Do que escapara!

Se tivesse dote cairia nas garras daquele miserável e seria ela quem a tais horas estaria fechada num quarto de hotel, sozinha numa cidade estranha, enquanto o marido regalava com o seu dinheiro!

Sim, minhas senhoras! É para casar com tipos daqueles que as mulheres guardam a castidade e conservam-se como botões fechados a vida inteira — quando possuem dote...

Virgindade idiota!

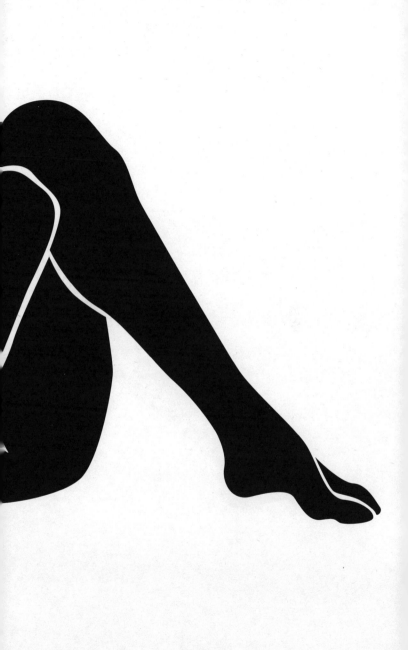

Biografia de uma revoltada
MARIA LÚCIA DE BARROS MOTT

Ercilia Nogueira Cobra é uma escritora paulista que, nos anos 1920, escreveu dois livros — *Virgindade anti-higiênica* e *Virgindade inútil* —, nos quais, entre outras coisas, defende a liberdade sexual da mulher. Embora nesses livros a autora combata a prostituição, ela foi obrigada a viver dessa atividade pelo menos durante parte de sua vida. Entre os anos 1934 e 1938, em Caxias do Sul (RS), era proprietária de uma casa de mulheres.

No fichário de autores das bibliotecas Nacional (Rio de Janeiro) e Municipal Mário de Andrade (São Paulo) não há referência ao nome de Ercilia Nogueira Cobra. Aí não podem ser encontrados os seus livros. Mesmo os trabalhos que se preocupam com a história da mulher brasileira e do movimento feminista no Brasil, incluindo-se aí as biografias de mulheres que participaram de alguma forma desse movimento, não fizeram, até bem pouco tempo atrás, qualquer tipo de referência seja à vida, seja à obra da escritora.

Uma resenha da *Revista do Brasil* de julho de 1924 diz que "seu trabalho se caracteriza por muita pessoalidade: pensa por si e diz o que pensa em linguagem crua com uma coragem que se não encontra nos arraiais do outro sexo"[1]; um verbete no *Dicionário de autores paulistas*, de Luís Correia de Melo[2], praticamente transcrito na íntegra do dicionário de Raimundo de Menezes, diz que ela "Nasceu em São Paulo. Fez seus estudos na terra natal. Mudou-se para o Rio Grande do Sul. Romancista de feição emancipadora"; e, por último, uma citação na *História da inteligência brasileira*, de Wilson Martins[3], são as únicas referências biobibliográficas encontradas, até agora, sobre a escritora.[4]

Adalzira Bittencourt, em *Mulheres e livros*[5] (levantamento de obras escritas por mulheres brasileiras, de 1948), chega a citar Noemia Cobra Leite – irmã de Ercilia –, cuja produção literária foi ativa, mas restrita quase que exclusivamente a artigos e poemas publicados em jornais, e silencia sobre Ercilia.

Conversando com um sociólogo sobre o objetivo de escrever uma biografia da escritora, ele

1 Monteiro Lobato, *Revista do Brasil*, jul. 1924, p. 244. [TODAS AS NOTAS SÃO DA AUTORA, A NÃO SER QUANDO INDICADO DE FORMA DIFERENTE.]
2 Luis Correia de Melo, *Dicionário de autores paulistas*. São Paulo: Comissão do IV Centenário, 1954.
3 Wilson Martins, *História da inteligência brasileira, vol. V (1897-1914)*. São Paulo: Cultrix; Edusp, 1978.
4 Susan Besse refere-se à escritora em sua tese de doutoramento *O impacto do capitalismo nas mulheres em São Paulo (1917-1937)*, 1983.
5 Adalzira Bittencourt, *Mulheres e livros*. Rio de Janeiro: [s. n.], 1948.

argumentou que não via maior importância num estudo sobre a vida de Ercilia, pois a atividade dela restringia-se à publicação de dois livros desconhecidos. Em outra ocasião, tentando obter uma entrevista com Jovina Pessoa, única mulher de que tenho notícias que leu *Virgindade anti-higiênica* quando da sua primeira edição, recebi uma negativa. Essa senhora, revoltada com a situação desastrosa da nossa política econômico-social, me disse que seria um absurdo um estudo sobre Ercilia naqueles dias (1981), quando outras coisas precisavam ser resolvidas com urgência.

Tanto uma quanto outra afirmação me deixaram atônita, pois acreditava que a importância de uma pesquisa sobre a vida e a obra de Ercilia fosse inquestionável. Primeiro, porque ela denuncia, em uma época pioneira, a situação de opressão social e sexual vivida pela mulher; segundo, porque o estudo de sua trajetória fornece elementos para a recuperação da história social brasileira nas primeiras décadas do século XX; e finalmente, porque, para mim, leitora dos livros de Ercilia, quase sessenta anos após a publicação dos mesmos, eles foram de grande importância para a reflexão sobre a minha condição de mulher, ao contestarem o modelo tradicional de comportamento imposto ao nosso sexo e oferecerem uma outra opção além daquela de mãe e esposa. Cláudia, personagem principal de *Virgindade inútil*, ao se rebelar contra os padrões de comportamento, enfrentou situações difíceis, saindo, porém, enriquecida da experiência, o que, sem dúvida, é um alívio para a maioria de nós, mulheres, cuja ameaça de uma infelicidade — trágica, atroz e imperativa — paira sobre nossas cabeças sempre que ousamos tentar outros caminhos.

Posso dizer ainda que com a leitura de *Virgindade inútil* consegui apreender uma nova dimensão da sexualidade, ou seja, que "o sexo não tem sexo". O prazer sexual pode ser obtido não importando o sexo do parceiro, sem que para isso seja obrigatoriamente doente ou culposo ou dividido nas categorias homossexual e heterossexual.

Dar nome a ruas, prédios ou cidades é uma das maneiras que se tem para *homenagear* pessoas tidas como famosas e cuja recordação acredita-se mereça ser perpetuada. A biografia também. Mas *homenagem*, em geral, cheira a mofo — flores mortas, esquecidas em um busto em praça pública — ou causam bocejos, lembrando discursos laudatórios e sem fim. Mesmo sabendo desses riscos, nos quais espero não cair, gostaria que este artigo tivesse esse caráter.

Talvez, na tentativa de tirar a escritora do esquecimento, crianças dos anos 2000 possam brincar em uma praça — com escorregador, balança e tanque de areia — chamada Ercilia Nogueira Cobra, e as mães e os pais e elas mesmas vivam numa sociedade em que a palavra "feminista" não só tenha perdido sua conotação pejorativa como, apenas, qualifique a luta empreendida pelas mulheres, *no passado*, pela conquista de sua dignidade como seres humanos.

DESCOBRINDO A OBRA: OS LIVROS

Virgindade anti-higiênica traz como subtítulo "preconceitos e convenções hipócritas" e foi publicado pela primeira vez em 1924, quando Ercilia tinha 33 anos.[6]

Esse livrinho, que mais parece um catecismo por seu tamanho minúsculo (13 × 9 cm), tem uma capa branca cortada por uma tarja vermelha onde se encontra escrito "a autora articula neste livro um verdadeiro libelo contra o egoísmo dos homens e diz, em linguagem crua, o que talvez todos pensem". Não sei se este resumo foi escrito por Ercilia ou pelo editor, mas dá, de maneira exata, o tom do ensaio. À linguagem crua eu acrescentaria, ainda, eloquente e irada. Algumas vezes tem-se a impressão de que as frases não foram escritas, mas gritadas, seguindo o ritmo da revolta da autora contra os inúmeros preconceitos que não só martirizavam como também destruíam a existência feminina.

---

6 Por ordem de publicação: *Virgindade anti-higiênica*. São Paulo: Monteiro Lobato, 1924; *Virgindade inútil*. [S. l.]: ed. da autora, 1927; *Virgindade anti-higiênica*. [S. l.]: ed. da autora, [s. d.]; *Virgindade inútil e anti-higiênica*. [S. l.: s. n.], 1932; *Virgindade inútil e anti-higiênica*. Paris: Société D'Éditions Œuvres des Maîtres Célèbres, [s. d.].

Nas 116 páginas que compõem essa primeira edição, encontramos expressões em português vulgar ao lado de trechos de autores franceses citados no original. Numa destas citações Ercilia afirma que tendo de tratar de "assuntos escabrosos", e não encontrando em autor nacional nada que se relacione com o que ela vai dizer é obrigada, para justificar a sua opinião, a recorrer "a uma das maiores, senão a maior glória literária da França moderna – Anatole France". Ao lado de legitimar seus argumentos, acredito existir uma outra razão para a autora utilizar com tanta frequência as citações desse, como de outros autores, em francês: o conteúdo "escabroso" se dilui quando falado numa língua tida como culta.

Não se espere, portanto, uma obra de qualidade igual do começo ao fim, nem capítulos seguindo um plano rígido. Duas questões, todavia, parecem centralizar a empreitada da escritora: a do preconceito da inferioridade intelectual da mulher e a da diferença da moral sexual para os sexos, principalmente no que se refere à obrigação da mulher de se conservar virgem após a puberdade e de só ter direito à maternidade quando autorizada pela sociedade e pela Igreja.

Confrontando o comportamento humano com o das demais espécies animais, Ercilia afirma que o homem é produto do meio e da educação. Conclui que a inferioridade intelectual da mulher só poderia ser provada se ela fosse educada em condição de igualdade com a do homem. A maneira pela qual vinha sendo dada a educação ao sexo feminino era errada. Essa educação de "flor de estufa", que não a preparava para o trabalho profissional, tinha sequelas fatais, pois resultava não só na degenerescência da raça[7] como na situação de inferioridade intelectual e social da mulher – gerando, por sua vez, criaturas infantis, dependentes, sem o menor senso prático –, além de ter a prostituição como uma das suas principais consequências.

E estranham o nervosismo das mulheres...
E boquiabrem-se admirados, diante da falta de tino prático das filhas de Eva...
Plantam flores de estufa e querem colher frutos vulgares de alimentação!
Querem que uma menina anêmica, resultado de uma reclusão de anos e anos em colégios completamente leigos em coisas práticas, entre para o mundo e seja capaz de compreender a engrenagem terra a terra e complicadíssima da vida.
E admiram-se da futilidade da mulher!
E riem-se da infantilidade com que ela se lambuza de pinturas.

---

[7] Esta questão foi amplamente discutida por Tito Livio de Castro em *A mulher e a sociogenia*. Rio de Janeiro: Francisco Alves, 1893.

Obrigam a mulher a permanecer menor durante toda a vida por falta de uma instrução que a faça conhecer o mundo [...]

Mas, se já está mais que provado que o cérebro não tem sexo e que o indivíduo humano é um produto do meio e da educação, como exigir mentalidade consciente de um ser cujo cérebro é imbecilizado paulatinamente, mercê de uma educação que obedece aos mais estúpidos preconceitos?[8]

Partidária do amor livre, defende a liberdade sexual com energia surpreendente. Denuncia a dupla moral sexual que estigmatiza a mulher – e não o homem – que tem relação sexual fora do casamento. As mulheres que não conseguiram um marido, por não possuírem um dote ou por não se submeterem a um casamento por interesse, não têm o direito de satisfazer suas necessidades sexuais. Devem permanecer virgens pelo resto da vida ou utilizar sucedâneos, e ainda são ridicularizadas como solteironas. Isso é injusto, pois o prazer sexual para a mulher, como para o homem, é tão importante quanto o estômago. O amor livre, para Ercilia, parece sinônimo de liberdade sexual, e não amor entre seres livres, e o *amor* é

---

8   *Virgindade inútil e anti-higiênica*. Paris: Société D'Éditions Œuvres des Maîtres Célèbres, [s. d.], pp. 154-155. Todas as citações de *Virgindade anti-higiênica* contidas neste artigo foram tiradas da edição francesa. Já as citações de *Virgindade inútil* são desta edição. [N. E.]

o sentimento que nasce a partir da atração física, sendo que quase sempre não é recíproco. O casamento como estava instituído, afirma a autora, era uma coisa bárbara, pois baseava-se no dote, um contrato de compra e venda, além de ser feito às escuras: entregava-se uma moça a um homem que ela apenas conhecia de vista, sem lhe dar a possibilidade de trocar, caso após "provado", não fosse do seu agrado!

Sim, senhores! Os homens, no afã de conseguirem um meio prático de dominar a mulher, colocam-lhe a honra entre as pernas, perto do ânus, num lugar que, quando bem lavado, não digo que não seja limpo e até delicioso para certos místeres, mas que nunca, jamais poderá ser sede de uma consciência.

Nunca!!!

Não se controlam sensações físicas.

Não se pode colocar a honra, uma coisa abstrata, ideal, no lugar menos nobre do animal racional.

Seria absurdo! Seria ridículo, se não fosse perverso.

A mulher não pensa com a vagina nem com o útero.

Com estes órgãos ela sente sensações agradabilíssimas, é verdade. Com estes órgãos, quando os faz funcionar, ela goza os prazeres únicos que dão forças ao indivíduo para suportar as tristezas da vida. Por meio destes órgãos ela desfalece de prazer, mas justamente porque são sede de sensações físicas, sobre eles não pode pesar lei nenhuma alheia à lei da natureza.[9]

* * *

Virgindade inútil: Novela de uma revoltada, editado em 1927, tem a mesma capa branca, amarelada pelo tempo, que o ensaio de 1924. A linguagem continua panfletária, deixando, porém, transparecer uma Ercilia irônica e chistosa. A temática também é a mesma, só que agora ela utiliza "a ficção" para reafirmar suas teses, usando os mesmos argumentos e, às vezes, até as mesmas palavras. A coragem parece maior, pois maior é a veemência com que defende a liberdade sexual da mulher.

A sátira foi a maneira que a autora encontrou para desmascarar os "costumes e as convenções hipócritas" da sociedade. Não faz uma desmoralização gratuita ou destrutiva, mas construtiva, onde percebe-se claramente uma intenção didática. Talvez por isso tenha escolhido escrever um "romance", o que tornaria suas teses mais acessíveis aos leitores.

A exemplo de Jonathan Swift, autor de *As viagens de Gulliver*, Ercilia utiliza um país imaginário

---

9 *Virgindade anti-higiênica*, op. cit., p. 167.

para fazer as críticas. Os "bocós", habitantes desse país, são, todavia, o nosso retrato, possuindo as mesmas características físicas e vivendo em uma sociedade que é um espelho, de meio corpo, do Brasil de então.

A história se passa em Bocolândia...

País fértil, cortado de rios, banhado pelo Atlântico numa extensão de 7 mil km, mais ou menos. Isto quer dizer que é um país de costas largas...

Solo riquíssimo capaz de produzir os mais variados produtos agrícolas, mas os bocós preferem cultivar o analfabetismo, o amarelão e o jogo do bicho.

Entre as aves a mais notável é o águia.

A população está dividida em três castas: a dos açambarcadores, chamados também, por antonomásia, piratas; a dos capangas, mantenedores do status quo; e a dos que mourejam e pagam o pato.

A religião seguida é interessante, porque consiste em fazer exatamente o contrário do que manda o Evangelho em que se baseia.

A rolha é um ingrediente muito usado no país. Ai do bocó que ousa dizer o que observa! Os capangas que fazem escolta aos águias caem em cima dele e acusam-no de estar difamando a pátria. Porque os capangas confundem pátria com o punhado de piratas que a exploram.

O analfabetismo é mantido de propósito a fim de que o povo se conserve em permanente estado de estupidez, e na cegueira de um medievalismo inconcebível no século XX.

Os leitores já adivinharam que a Bocolândia não é pseudônimo nem da Argentina, nem dos Estados Unidos. [pp. 13-14]

O narrador, ou melhor, a narradora, que leva sua indignação moral ao paroxismo, intervém sem piedade na narração, ora pontificando sobre os acontecimentos, ora emitindo críticas e ensinamentos, mas sobretudo justificando a trajetória de Cláudia: moça inteligente e observadora, criada em uma cidade do interior e, como a maioria das mulheres, educada para o casamento, que, ao perceber sua sorte e a das mulheres ao seu redor – que valiam pelo dote, eram abandonadas, vilipendiadas e prostituídas se quisessem dar livre curso à sua sexualidade ou morriam virgens, estigmatizadas como solteironas –, resolve rebelar-se contra os padrões de comportamento impostos ao seu sexo.

Inicialmente há um certo distanciamento entre a narradora e a personagem principal. À medida que Cláudia toma consciência de sua situação e decide "virar a mesa", não só ela começa a falar por sua própria boca – iniciando-se, então, os diálogos no livro – como os pontos de vista de ambas coincidem.

Mais que o abandono do lar materno, a perda da virgindade, por vontade própria (no banheiro do trem que a levava para Flumen, capital de

Bocolândia), é que faz Cláudia se sentir livre. Essa liberdade, porém, tem como reverso a constatação de que a mulher sem guardião — marido, pai ou irmão — não tinha valor. Os poucos empregos que lhe eram oferecidos, dada a sua falta de educação profissional, visavam algo além do trabalho, e os hotéis decentes em que procurava hospedar-se não a aceitavam por estar só.

A mãe, arrependida da autorização dada à filha, manda buscá-la de volta alegando sua condição de menor e ainda virgem. Cláudia é submetida, então, a um exame para averiguação. Uma página dramática vivida sob protesto e outra constatação dolorosa: a mulher não é dona do seu próprio corpo.

Na chefatura de polícia encontrou um delegado de fisionomia austera e bem-educado.

Com delicadeza a interrogou. Fez-lhe ver que era menor e, segundo o telegrama recebido, ainda virgem. Neste ponto Cláudia o interrompeu.

— Há um equívoco, doutor. Não sou virgem.

— Ah! então o caso muda de figura, pois a senhora vai dizer-me o nome do sedutor.

— Não poderei dizer o nome de um ente que não existe. Não fui seduzida. Saí de casa por livre vontade.

— Minha senhora, quase sou obrigado a desconfiar de que está mentindo. Com que fim não sei. Em todo caso, o exame provará a verdade.

[...]

Deixada só, ficou a imaginar que exame seria aquele, e interrogou a respeito um tipo que se apresentara como médico.

— É muito simples — respondeu ele. — Deseja-se saber se a senhora é ou não virgem.

— Ora esta — exclamou Cláudia —, pois tendo já declarado que não sou, que querem mais? Sou uma mulher livre! Não me sujeitarei a essa barbaridade incômoda. Era o que faltava! Exibir a intimidade do meu sexo para um homem ver o uso que fiz do que é meu! Nunca!

— Muito bem — disse o médico —, mas é esse o único meio de a senhora ficar livre. Se de fato teve relações com um homem, como diz, a lei a considera maior.

— Nesse caso deixo-me examinar, mas lavro o meu protesto contra uma exigência tão bárbara e estúpida.

— Mas que apenas protege a mulher, minha senhora.

— Protege a mulher rebaixando-a à categoria de rês! [pp. 40-42]

Conhece então a sorte das mulheres que viviam em asilos religiosos destinados à recuperação de "perdidas", de onde saiu, por rebeldia, após dois meses.

O ambiente social que passa a viver é o da prostituição. Prostituição vivida por dentro, vista com o olhar de meretriz, aquela que se sente usada como "escarradeira". Mas também nesse universo há gradações. À prostituta sobrepõe-se a cortesã: mulher "feliz e adorada, porque é a única que, esmagando o coração, sabe prender ao focinho do macho a argola da volúpia por onde o conduz, como um cão, a todas as concessões" [p. 38].

É já como cortesã que, em Buenos Aires, conhece pela primeira vez o amor, justamente por um farsante. Apenas mais um, ela não se ilude, pois não há diferença entre os homens: salafrários, atrevidos, impertinentes, carrascos, sórdidos, falsários, crápulas e, principalmente, egoístas. Em uma palavra, a imagem do deus fenício Moloch: diabo do deserto que se alimenta do sangue de crianças.

Após a separação e fuga do amante, Cláudia constatou que estava grávida. Sozinha teve uma filha — "uma verdadeira filha da mãe" — a quem chamou *Liberdade*. Questionada por uma amiga sobre a aparência da criança, já que não se parecia com ela, afirmou que a menina também não se parecia com o pai, mas com uma antiga colega de profissão, nos braços de quem procurara esquecer as tristezas logo após a fuga do amante.

Parte então para a Europa e, em Paris, no teatro, encontra um antigo pretendente de Bocolândia, aquele que a abandonara, tão logo soubera que o avô tinha morrido sem deixar um dote razoável para a neta.

Depois das exclamações usuais em tais encontros, Cláudia, que estava doida por saber quem fora a vítima que permitia ao médico pobre aquele prazer caro, interrogou-o com jeito. E riu-se intimamente ao ouvi-lo dizer que fora a irmã da Joaninha Matos.

Assim o papai trabalhava na roça para os genros gozarem a vida em Paris!

Ah! Pecado contra o pecador!

Davam educação idiota às filhas, e a consequência era os genros deixarem-nas em casa enquanto se gozavam dos cobres com outras. Bem feito!

— Então, realizou afinal o seu sonho dourado, doutor: gozar as francesas!

O médico sorriu, satisfeito.

— E onde está sua mulher? — continuou ela.

— Está no hotel. Pretextei um negócio e saí.

E voltando-se para Cláudia, com os olhos brilhantes de desejos:

— Você está deslumbrante, filhinha!

Mas Cláudia sacudiu os ombros e despediu-se. Já sabia o que queria saber.

Do que escapara!

Se tivesse dote cairia nas garras daquele miserável e seria ela quem a tais horas estaria fechada num quarto de hotel, sozinha numa cidade estranha, enquanto o marido regalava com o seu dinheiro!

Sim, minhas senhoras! É para casar com tipos daqueles que as mulheres guardam a castidade e conservam-se como botões fechados a vida inteira – quando possuem dote...

Virgindade idiota! [pp. 105-106]

Assim termina o livro.

* * *

Ercilia se autodefine como livre-pensadora. Assim ela se coloca nos livros. Como livre-pensadora, critica as verdades tidas como indiscutíveis, tais como os dogmas religiosos, a crença na inferioridade da mulher e a diferença da moral sexual para os sexos. Sua relação com o feminismo e as feministas é de aproximação e crítica. Nunca, porém, se nomeia como tal.

A escravidão da mulher tem origem na religião. Todas as religiões oprimem a mulher, verbera Ercilia, mas ela tece elogios a Cristo, a quem chama de "meigo filósofo", um dos únicos homens (o outro é Victor Margueritte, autor de *La Garçonne*) que teve pena da mulher e foi "deveras feminista". Mais do que a religião em si, o clero, por seu comportamento dissoluto, recebeu severos sermões de algumas escritoras do período, não sendo este poupado, também, por Ercilia.

Quanto à questão da inferioridade física e intelectual das mulheres, a escritora busca justificar seu parecer através da natureza, da observação dos animais. Conclui que a mulher só é diferente do homem devido à educação, e que a educação profissional, para o trabalho, seria um dos caminhos para pôr fim à dependência feminina. Os trabalhos que Ercilia reivindica para a mulher são sobretudo os praticados nas profissões liberais.

Inteligência igual à do homem, dependência econômica como um dos fatores que determinavam a subjugação feminina e necessidade de uma educação melhor eram ideias defendidas por muitas mulheres e documentadas na imprensa e em obras de ficção do período. Ercilia porém *não faz* distinção entre profissão masculina ou feminina nem toca na questão da necessidade de a mulher escolher um trabalho fora que se concilie com a vida do lar, tônica da maioria dos escritos de então. Vai mais além: denuncia a dupla jornada das trabalhadoras rurais e das operárias, bem como a inferioridade salarial destas últimas em relação a seus companheiros de trabalho.

A crítica que faz à diferença da moral sexual fundamenta-se também na natureza:

"As sensações de fome, de sede, de gozo, justamente porque são as que garantem a conservação do indivíduo e da espécie, são de uma violência contra a qual as leis morais, os anátemas e as convenções nada podem", ou ainda, "o ente humano pode conseguir pela educação chegar a não matar, não roubar, não meter o dedo no nariz; nunca poderá, porém, deixar de comer, de beber ou de satisfazer seus desejos sexuais sem grave risco para a saúde".[10]

Dentro desse contexto é que devem ser entendidas as suas críticas ao casamento, ao dote, ao tabu da virgindade, à indissolubilidade do matrimônio e à família patriarcal.

As censuras ao casamento por interesse são uma constante na literatura feminina contemporânea. É tema de Júlia Lopes de Almeida em *A isca*[11] (1922), de Abel Juruá em *Nhô-Nhô Rezende*[12] (1918), em *Flores modernas*[13] (1921) de Mme. Chrysanthème, entre outras. Quanto às ideias de Ercilia sobre a questão da regulamentação "oficial" da sexualidade, existe – até o que se é dado a conhecer sobre as escritoras do período – pequena paridade, excluindo-se talvez Maria Lacerda de Moura[14].

Ercilia separa a reprodução da sexualidade, dando exclusivamente à mulher o controle do uso do próprio corpo, seja para o prazer (defende as práticas contraceptivas, mesmo o aborto), seja para a maternidade

---

10 *Virgindade anti-higiênica*, op. cit., p. 168.
11 Júlia Lopes de Almeida, *A isca*. Rio de Janeiro: Leite Ribeiro & Maurilho, 1922.
12 Abel Juruá, *Nhô-Nhô Rezende*. Rio de Janeiro: Leite Ribeiro & Maurilho, 1918.
13 Chrysanthème, *Flores modernas*. Rio de Janeiro: Leite Ribeiro & Maurilho, 1921.
14 Ver, sobre a questão, Miriam L. Moreira Leite, *Caminhos de Maria Lacerda de Moura*, 1983. mimeo. Tese de Doutoramento apresentada ao Dep. de História da FFLCH-USP.

consciente, daí a necessidade de um trabalho lucrativo para poder sustentar a si e à própria prole:

> Por falar de força e de luta pela vida é bom observar que entre os animais a fêmea se desencarrega perfeitamente bem da missão de sustentar seus rebentos, as carnívoras vão à caça. A leoa é tão feroz como o leão e a tigre como o tigre.[15]

A maneira pela qual a mulher deveria conciliar a maternidade e o trabalho profissional é resolvida a partir da ótica da classe dominante, por meio de serviços prestados por criados. Em caso de orfandade, a criação dos filhos ficaria a cargo do Estado. O pai não tem direito algum, nem mesmo o de dar nome ao filho. Critica "as feministas" que pregavam a necessidade de uma lei para investigar a paternidade nos casos de filhos naturais. O direito da mãe ao filho é simbolizado de maneira contundente em *Virgindade inútil*. Liberdade, filha de Cláudia, não tem nem mesmo os traços físicos do seu progenitor, mas os de uma mulher.[16]

15 *Virgindade anti-higiênica*, op. cit., p. 158.
16 Esta questão, de Liberdade se parecer com a espanhola com quem Cláudia teve relações sexuais, por mais bizarra que possa parecer, não está fora das ideias veiculadas naquele tempo. Maria Lacerda de Moura diz que a mãe grávida tem possibilidades de modelar fisicamente seu filho a partir da sugestão. Ver: Maria Lacerda de Moura, *Religião do amor e beleza*. 2. ed. São Paulo: O Pensamento, 1929, p. 61.

Para Ercilia não há possibilidade de um relacionamento igualitário entre os sexos, daí a necessidade de se educar as mulheres para o trabalho e para a compreensão da sua situação na sociedade.

É esta a obrigação das mães: esclarecer as filhas. Deixem os homens em paz!

Basta de tanto rastejar aos pés da insensibilidade e da covardia!

Poltrões, os homens que sem coragem de colocar-se no mesmo pé de igualdade com as mulheres com receio de serem vencidos, encouraçaram-se de leis e, amparados pela força armada, cometem as maiores barbaridades contra suas próprias mães e filhas!

Mulheres, despertai!

Abram os olhos e vede ao redor de vós as milhares de companheiras, as que sofrem os maiores martírios!

Piedade para tantas infelizes.

E se nada é possível fazer para libertar as que já se acham no lodo dos bordéis, preparai as mulheres do futuro. Fazei da mulher um ser consciente, que saiba resistir ao homem e pelo trabalho seja livre.[17]

Ora se colocando na linha de frente do feminismo de seu tempo, sobretudo pelas críticas que

---

17 *Virgindade anti-higiênica*, op. cit., p. 181.

faz ao papel tradicional da mulher na família e pelo reconhecimento da importância da educação da mulher para uma participação efetiva na produção, ora caminhando junto de suas contemporâneas na defesa do sufrágio feminino — sem contudo considerá-lo a panaceia para a emancipação da mulher — ou ainda usando argumentos pouco fundamentados e mesmo abandonados por muitas mulheres consideradas feministas, Ercilia parece ter levado sua empreitada sozinha, sem ligação com nenhum dos grupos femininos ou feministas que se formavam então, movida apenas pela crença de que através dos seus livros estaria contribuindo "como um grãozinho de areia" para que a liberdade das mulheres chegasse o mais depressa possível.

EDITORES, LIVREIROS, LEITORES

Virgindade anti-higiênica e *Virgindade inútil* são os dois únicos livros publicados da autora localizados até o momento. Na contracapa da segunda edição de *Virgindade anti-higiênica* há anunciado como próximo lançamento o livro *O filho da mãe*. Seria o original desse livro que Ercilia, na carta escrita à sua irmã Marina (Caxias do Sul, 7 abr. 1937), dizia estar pretendendo publicar?

Segundo Fulvio Abramo, parece que Ercilia, por volta de 1917, teria colaborado numa revista de tendência anarco-socialista chamada *Gesta* ou

Giesta (flor que simboliza vida, continuidade), revista esta que também não foi localizada. De fato, existe uma semelhança temática entre os escritos anarquistas e socialistas e aqueles deixados pela escritora, principalmente no que se refere ao anticlericalismo, à defesa do amor livre e às críticas ao casamento.

Essa semelhança temática que lhe valeu a admiração de Edgar Rodrigues – "li e gostei de sua rebeldia e sua contestação contra os convencionalismos 'santificados' pela Igreja Católica, firmados por legisladores, defendidos por políticos, machistas, aceitos pela maioria das mulheres e garantidos pelo Estado! Vi na escritora uma mulher corajosa, misturando frustrações e revolta, e com elas, numa época em que poucas mulheres no Brasil tinham o 'atrevimento' de contestar o estado de desigualdade social e humana em que viviam, defender com palavras contundentes um direito que era dado aos homens, a poucos homens!" (depoimento por carta) – deve ter sido responsável, ainda, pela sua fama de mulher "de esquerda" e "socialista". Porém, não consegui detectar no discurso da autora a preocupação com uma sociedade igualitária – sem classes sociais para todos os seres humanos como, também, a crença em que a opressão sofrida pela mulher teria fim no dia em que houvesse uma sociedade sem classes. Igualdade sim, exige Ercilia, para as mulheres, mas no que se refere à educação, ao trabalho, ao salário, aos direitos civis e, sobretudo, ao controle do uso do próprio corpo.

Se *atualmente* só a partir de uma pesquisa bibliográfica sistemática sobre mulheres escritoras foi possível recuperar a existência dos escritos de Ercilia,[18] *no passado* a repercussão dos seus livros deve ter sido grande, se levarmos em conta suas sucessivas edições, bem como a lembrança, por parte de várias pessoas, do escândalo que causaram.

Não é de estranhar que a primeira edição de *Virgindade anti-higiênica* (1924) tenha sido publicada por Monteiro Lobato, autor a quem Ercilia faz elogios, editor que, além de ter faro comercial, privilegiava escritores novos em detrimento de medalhões. Em julho do mesmo ano a *Revista do Brasil*, também editada por Lobato, faz uma menção ao livro na seção "Bibliografia":

> Raras vezes se depara ao registro bibliográfico obra tão curiosa como esta. A começar pela apresentação material e pelo título, que despertam atenção ao mais despreocupado dos leitores, tudo se alia para que se lhe faça a leitura. E a leitura, logo às primeiras páginas nos convence de que estamos em face de um temperamento originalíssimo, de

---

[18] O levantamento bibliográfico feito pela Fundação Carlos Chagas resultou na *Bibliografia anotada da mulher brasileira*. São Paulo: Brasiliense, 1979 (vol. 1); 1981 (vol. 2).

uma escritora como poucas se encontram em nosso país.

Não queremos dizer com isto que se trate de uma estilista. A sra. E. N. C. é estreante e, como tal, se apresenta com falhas que só o tempo há de banir. O que não há de negar, porém, é que seu trabalho se caracteriza por muita pessoalidade: pensa por si e diz o que pensa em linguagem crua, com uma coragem, que não encontra nem mesmo nos arraiais do outro sexo.[19]

Essa primeira edição de *Virgindade anti-higiênica* foi apreendida pela polícia. A segunda, editada pela própria autora, possui a mesma capa da anterior, tendo acrescida a introdução na qual afirma que a edição de 1924 havia sido apreendida por ser considerada pornográfica. Parte dessa introdução é, na realidade, uma carta que ela escreveu aos jornais em que justificava sua temática, enfatizando, sobretudo, a questão da necessidade da educação profissional da mulher como forma de se combater a prostituição. Essa carta não foi publicada nos jornais da época, nem mesmo na "Seção Livre", diz a autora, e completa a apresentação com uma "nota" em que afirma que não foi possível combater pelos jornais a arbitrariedade da proibição "devido à situação anormal" que atravessava, então, o país. É preciso lembrar que naquele ano São Paulo foi

---

19 Monteiro Lobato, op. cit, p. 244.

sacudido, em julho, pela revolução do general Isidoro Dias Lopes, que depôs o governador Carlos Campos e que pretendia dominar a capital fazendo, aqui, a base de suas operações, marchar para o Rio de Janeiro e derrubar o Governo Federal. O presidente Artur Bernardes (1922-1926) não só investiu contra a liberdade de imprensa como penalizou autores e editores de material considerado subversivo, principalmente aqueles produzidos pelos anarquistas.[20]

Virgindade anti-higiênica não foi o único livro apreendido no período. *Mademoiselle Cinema*, de Benjamim Costallat, foi retirado da livraria Leite Ribeiro devido à denúncia de Pio Ottoni, membro da Liga Pró-Moralidade. O argumento utilizado para a apreensão foi o mesmo – pornográfico –, porém a Costallat deram um espaço na imprensa para defender sua obra: "Foi apreendida brutalmente, como um reles livro pornográfico, vendido por qualquer engraxate". Se não puder viver da literatura, continua o autor, iria aprender "a bater carteira, que pelo menos é uma respeitável profissão com que se ganha tranquilamente a vida sem ter, com a polícia, os incômodos que a literatura tem me dado"[21].

À leitura feminista, eugênica, libertária dos livros de Ercilia deve ser acrescida aquela que lhe

---

20 Laurence Hallewell, *O livro no Brasil: Sua história*. Trad. Maria de Penha Villalobos e Lólio Lourenço de Oliveira. São Paulo: T. A. Queiroz; Edusp, 1985, p. 368.
21 *Jornal do Comercio*, 31 ago. 1924, p. 1.

atribui parte do público, dos próprios editores e dos livreiros (pelo menos da edição de 1932): o obsceno. O ensaio e a novela, reunidos em um só livro – que passou a chamar-se *Virgindade inútil e anti-higiênica*, publicado em 1932 –, têm todas as características de um livro pornográfico.[22] O editor, que deslocou o ensaio para segundo plano, inicia o volume com a *ficção*. No livro, não aparece a casa publicadora, dado até certo ponto comum neste tipo de publicação em que as editoras, temendo represálias ou terem os seus nomes "queimados", inventam – até hoje – nomes falsos ou simplesmente não colocam seus nomes nos exemplares. Na capa, uma gravura colorida de mulher, de cabelos curtos *à la garçonne*, unhas pintadas, aparece abrindo um xale que deixa à mostra o corpo nu. Perfis de figuras femininas nuas, em várias posições, servem de moldura a essa gravura em que a mulher teve o seu sexo e seios repintados por um dos leitores do livro, que também achou por bem transformar o título, acrescentando um *é*, à mão, com caneta esferográfica: *Virgindade é inútil e anti-higiênica!*

Esse volume, comprado em 1935 por Manuel Marques da Silva, foi localizado em 1980 num sebo no Rio de Janeiro, estando classificado na seção de sexologia, um verdadeiro saco de gatos que incluía

---

22 Lobato também acreditava no valor comercial desse tipo de literatura: "Nunca se vendeu bem um livro neste país, exceto os pornográficos".

desde livros de medicina até romances considerados pornográficos.

Lidos escondido no banheiro, guardados encapados debaixo do travesseiro e circulando entre adolescentes de colégio interno, os livros de Ercilia não eram recomendados para moças. As poucas que se aventuravam a ler não tinham nem mesmo a coragem de comprá-los nas várias livrarias onde eram vendidos, sendo necessário que algum amigo fizesse isso por elas.

Em casa, quando o pai possuía o livro, era-lhe destinado um lugar de difícil acesso para que as demais pessoas da família não o encontrassem. Em caso de morte do progenitor, a viúva se desfazia desse e dos demais livros tidos como "não recomendáveis" — jogando fora, vendendo ou queimando — mas nunca deixando de herança. Quanto a encontrá-los nas bibliotecas públicas, nem pensar.[23] Nos anos 1940, corria como piada na Faculdade de Filosofia de São Paulo, na antiga

---

23 Jamil A. Haddad afirma que a Biblioteca Municipal Mário de Andrade tirou Sade do seu acervo para que os adolescentes não o lessem (Jamil Haddad, "Sade e o Brasil". In: *Marquês de Sade*. Trad. de Augusto de Souza. São Paulo: Difusão Europeia do Livro, 1961, p. XVI), e Otto Maria Carpeaux, também falando de Sade, afirma que "as bibliotecas públicas guardam o volume no chamado 'inferno' dos livros malditos [e que] as bibliotecárias não o entregam sem autorização especial do diretor" ("Sade, nosso contemporâneo". In: *Justine ou os infortúnios da virtude*. Trad. de D. Accioly. 2. ed. Rio de Janeiro: Saga, 1968, p. 7).

Maria Antonia, que determinado aluno (hoje falecido) andava com os livros de Ercilia debaixo do braço para emprestar às suas colegas, com o objetivo de convertê-las ao amor livre.[24]

Ercilia teve leitores além dos grandes centros (São Paulo e Rio de Janeiro), espalhados por outras cidades do interior, como São Vicente, Mococa e Ribeirão Preto, e nos estados do Rio Grande do Sul e Mato Grosso. Isso talvez se deva, em parte, a Lobato e ao seu fantástico sistema de distribuição. Os livros passaram a ser vendidos "em todo tipo de loja de varejo, de farmácia a padarias". Os únicos lugares em que o editor não os vendeu foi nos açougues por temor de que eles ficassem sujos de sangue![25] Parece que os livros de Ercilia também chegaram ao exterior, na Argentina ou Espanha, de onde um médico teria pedido a escritora em casamento, por carta, pela coragem de suas ideias.[26]

O nome Ercilia Nogueira Cobra não desperta nenhuma lembrança para a maioria da geração de intelectuais, escritores e livreiros com mais de 60 anos que procurei. Identificada a partir do título dos livros, vem à memória o escândalo que eles causaram quando da publicação, escândalo esse que pode ser percebido pelo depoimento de uma parente distante: o bispo de Ribeirão Preto

---

24 Depoimento de Rui Coelho.
25 Hallewell, op. cit., p. 245.
26 Depoimento de lzabel Cobra Monteiro.

proibiu sua leitura, o vigário de Casa Branca expulsou-a da igreja e disse que os livros eram obra do demônio e as pessoas fechavam as janelas quando ela passava.[27]

Se, porém, o critério para avaliar o alcance que tiveram os livros de Ercilia — e sua repercussão junto ao público — fosse o da manifestação da crítica e de estudiosos em geral por meio da imprensa ou de outros tipos de publicações, como histórias da literatura e dicionários biobibliográficos, poderia se dizer que a repercussão teria sido nula: apenas dois livros desconhecidos, como afirmou meu amigo sociólogo.

Esse silêncio pode ser atribuído, em parte, ao conteúdo "demoníaco" de sua obra — silenciar sobre ela era uma maneira de se evitar que a curiosidade fosse despertada em possíveis leitores — como, ainda, à interferência familiar, já que, como me foi dito, a primeira edição de *Virgindade anti-higiênica* teria sido apreendida a pedido da família. Prestígio para tanto acredito que os Ribeiro da Silva, pelo lado materno, e os Nogueira Cobra, pelo paterno, tivessem.[28] A essas duas razões talvez deva ser acrescida uma terceira: a da própria vida da escritora.

---

27 Depoimento de Maria Custódia Mucci.
28 Não se pode esquecer que Washington Luiz, amigo da família, era, na época, governador de São Paulo (1920-1924), e foi senador entre 1924-1926.

ENCONTRANDO, REFAZENDO, PERDENDO: A VIDA

> *Toda criança do sexo feminino que nasce é uma futura escrava. Escrava do pai, do marido ou do irmão. Poucas mulheres de espírito forte resistem aos preconceitos. Quase todas curvam-se medrosamente diante deles.*
>
> *E as poucas que resistem vivem em guerra aberta com a sociedade.*[29]

Tentar recuperar a história de Ercilia através dos relatos familiares é extremamente difícil e complicado. A todo momento tem-se a impressão de que avançamos o sinal vermelho, enquanto que o entrevistado parece sentir que o surpreendemos de calças curtas. Outras vezes, há a recusa pura e simples de fornecer as informações. Ercilia parece não ser apenas a ovelha negra da família, mas a maldição, o estigma que carregam todos os Nogueira Cobra, sejam eles parentes próximos ou mesmo muito distantes. Outras vezes, porém, percebi que havia uma certa fascinação em se falar sobre o tema tabu como também alívio, semelhante àquele que se sente após não se ter mais nada para esconder.

A documentação levantada sobre a vida da escritora, mais os depoimentos de familiares e de

---

29 *Virgindade anti-higiênica*, op. cit., p. 165.

conhecidos, e os dados contidos nos livros, não dão conta de traçar a trajetória de Ercilia de forma contínua, existindo períodos inteiros sem nenhuma informação. Até o momento não é possível, por exemplo, afirmar ao certo se ela ainda vive ou não. Na certidão de nascimento lavrada em Mococa (1 out. 1891) não há nenhuma referência sobre a sua morte, apesar de o artigo 114 do Decreto Federal 4.857 de 9 nov. 1939 determinar que os óbitos sejam comunicados ao Cartório de Registro Civil em que foi lavrada a certidão de nascimento.[30]

O que se segue é o que pude apurar sobre a sua vida: Amador Brandão Nogueira Cobra, pai de Ercilia, era natural de Baependi[31]. Deixou gravado na memória dos netos, além dos gestos finos e delicados, da perícia como advogado e da falta de tino comercial, o casamento que realizara por interesse com a avó Zina, o gosto pelas "francesas" e o desprezo demonstrado à mulher quando esta lhe dera a quinta filha. Certa feita, quando ainda solteiro, visitando Casa Branca, no interior de São Paulo, perguntou quem era a moça mais rica da região, sendo-lhe apontada Jesuina, a Zina, filha de Mariana e Raimundo Estellino Ribeiro da Silva (então falecido) e enteada do coronel José Júlio Macedo,

---

30 Elza Berquó verificou que, no Brasil, o número de registro de óbitos femininos é em menor número que os masculinos (*Cadernos de Pesquisa*, 56, p. 28).
31 Segundo Antonio Candido, pelo lado paterno o escritor Oswald de Andrade descendia dos Nogueira Cobra de Baependi.

donos de mais de 2 milhões de pés de café. Advogado que não cobrava as causas, deputado estadual relacionado com destacados políticos, Amador parece não ter aumentado o patrimônio familiar. Com a morte do coronel José Júlio, seu sogro, a família perdeu todos os bens. Há indícios de que ele teria não só sido assassinado, como houve uma apropriação ilícita da fortuna da família por parte de um comissário de café de Santos. História dolorosa, guardada com muita revolta, sendo apontada como causadora da derrocada familiar, incluindo-se a própria trajetória de Ercilia. À morte do coronel José Júlio, segue-se a morte de Amador (1906 ou 1907), atribuída ao desespero da situação. Novo golpe familiar, causado por falsas amizades: a Parahyba, fazenda que sua mulher recebera de herança com a morte do pai, estava penhorada. Foi então que Jesuina, revoltada, teria colocado fogo na biblioteca do marido.

Estella e Ercilia, filhas mais velhas do casal,[32] já mocinhas, acostumadas a viver com a avó no elegante bairro dos Campos Elíseos em São Paulo, onde possuíam governanta estrangeira, foram obrigadas a viver confinadas na fazenda com a mãe, fazenda que, como foi dito, não lhes pertencia mais, pois dentro de alguns anos a penhora poderia ser executada.

---

32 Por ordem de nascimento: Estella, Ercilia, Noemia, Paulo, Marina e Maria Amélia.

O desprezo devotado por Ercilia às irmãs menores — descalças, crédulas, caipiras —, o gênio arrasador, o martelar contínuo do piano são os traços desse período que deixaram marcas no relacionamento futuro entre as irmãs e que foi assimilado pelos sobrinhos. À mágoa, porém, soma-se à admiração da tia, mulher inteligente que teria curado a gagueira da irmã caçula, obrigando-a a declamar com a boca cheia de pedras, método aliás usado pelo orador grego Demóstenes.

Foi nessa época (1909) que as mais velhas deixaram o lar materno. Fugidas, acompanhando um circo de cavalinhos, disseram alguns; com autorização materna, disseram outros. D. Jesuina teria vendido os brincos de brilhante e dado o dinheiro às filhas.

O recolhimento de Ercilia, então com 17 anos, e de Estella, com 19, no Asilo do Bom Pastor, por ordem do secretário da Segurança Pública Washington Luiz, deveu-se a um pedido de d. Jesuina. Uma prima as teria visto em Santos, num circo de cavalinhos.

O Asilo do Bom Pastor, dirigido pela Congregação Religiosa do mesmo nome, tinha entre suas atividades "trazer para o rebanho a ovelha desgarrada". Fundado em São Paulo, em 1897, numa colina no alto do Ipiranga, contou para a sua construção com a colaboração da elite local, incluindo-se o próprio governador do estado, Manuel Ferraz de Campos Sales. Iniciou suas atividades com uma seção de *preservação*, ou seja, um colégio para meninas pobres. A manutenção da casa era, em parte, subvencionada pela criação do bicho da seda, cujo tecido fabricado pelas educandas tornou-se afamado. Por volta de 1907, o Bom Pastor possuía um asilo para órfãs, uma seção para reeducandas e um externato para crianças pobres, além do convento com suas religiosas e noviças. O número de reeducandas aumentou "desde que as autoridades responsáveis vieram a ter conhecimento de que as irmãs do Bom Pastor tinham a missão de proteger, educar e preparar para a vida menores difíceis"[33]. Ao entrar no Asilo era determinado que as reeducandas mudassem de nome. Estella recebeu o de Maria Lucrécia e Ercilia, o de Maria Madalena. Por ordem do mesmo secretário, Ercilia foi daí retirada quatro meses depois, em 20 de julho de 1909, e levada para a chefatura de polícia, e sua irmã sairia com a mãe, no dia 28, para retornar, por vontade própria, em 13 de agosto de 1909, saindo novamente com a mãe em 12 de maio de 1910.[34]

Esse incidente, a passagem pela polícia, talvez seja o mesmo que uma neta do coronel José Júlio, um pouco envergonhada, me contou: "Por um motivo que não se sabe qual, as irmãs foram chamadas

---

33 Margarida de Moraes Campos, *A Congregação do Bom Pastor na Província Sul do Brasil*. São Paulo: [s. n.], 1981, p. 74.
34 Registros das Internas – Secção das maiores (1907-1925), Asilo Bom Pastor, São Paulo.

para prestar depoimento na delegacia e, entre si, Estella e Ercilia começaram a falar francês. O delegado por sua vez exprimiu-se na mesma língua. Daí para a frente, passaram a conversar em alemão".[35]

Vamos reencontrar as irmãs, já moças feitas, em 1914, na pequena cidade de Pirassununga, onde acabara de ser fundada a Escola Normal Primária. Melhores alunas da turma, Ercilia e Estella eram também as alunas mais velhas e as que menos faltavam às aulas.[36] D. Aparecida Arantes Firmino, antiga colega de classe, lembra-se muito bem das duas, pela inteligência e cultura e pela arrogância. Ercilia era muito alta, mais magra e mais briguenta que a irmã: parecia, de fato, uma "revoltada".

No ano seguinte, Ercilia foi transferida para a Escola Normal Primária de São Paulo, na Praça da República. Formou-se em 1917, em primeiro lugar. Aí também assustava um pouco suas colegas por discutir de igual para igual com os professores. Era, porém, benquista, pois, entre outras coisas, ajudava suas companheiras nas tarefas escolares. É desse ano a página escrita no álbum de recordação da aluna Cybel.

Gentilíssima e inteligente Cybel,

---

35 Depoimento de Nena Arantes.
36 Registro de Notas e Registro de Faltas — Escola Normal Primária de Pirassununga (sexo feminino, 1914).

Após a leitura das páginas que me precedem sinto-me completamente falta de expressões eloquentes que possam exprimir meus sentires a teu respeito.

Apesar disso quero deixar em simples frases o meu reconhecimento pela tua gentileza.

Desde o primeiro ano em que tive a ventura de te conhecer foi grande a minha simpatia pela tua pessoa e admiração pela tua inteligência lúcida que jamais se atrapalhou diante de provas orais com qualquer professor que te interpelassem.

E com simpatia, inteligência e beleza, que são os dotes que te adornam a mocidade risonha, é fácil vencer...

Ercilia Cobra

São Paulo, 13 de novembro de 1917.[37]

Ao se formar, Ercilia teria sido alvo de uma injustiça à qual reagiu com violência. O fato é lembrado pela família sob duas versões: na festa de formatura, por não ter recebido o primeiro lugar[38] – que era seu de direito devido à "brilhante colocação" –, teria não só rasgado o diploma como, ainda, dito em público, durante a festa, que a premiação fora

---

37 Fornecido gentilmente por Altair Carneiro de Almeida, irmão de Cybel.
38 Registro de Notas – Escola Normal Primária de São Paulo (sexo feminino, 1917).

fraudulenta, pois privilegiara fulana de tal, que era filha de um coronel, em detrimento dela, que não era filha de ninguém. A segunda versão é a de que, por ter sido preterida na nomeação como professora para a vaga escolhida — que tinha direito devido à *"brilhante colocação"* —, Ercilia teria, então, rasgado o diploma.

Segundo o *Diário Oficial do Estado*, Ercilia Nogueira Cobra prestou concurso para uma vaga como professora, sendo a primeira colocada. Foi nomeada para a Escola Mista Isolada do Morro, em Mogi-Guaçu, não chegando, porém, a assumir. Quem assumiu sua vaga foi a professora colocada em segundo lugar, d. Eugenia Selingardi.

Nesse tempo Ercilia ainda visitava livremente a família. Em São José do Rio Pardo frequentava festas e bailes familiares. Falante, chistosa, aglomerando rapazes em volta de si, é a imagem guardada por um antigo morador da cidade, dr. Vicente Dias Pinheiro, que a viu apenas duas vezes na vida, há quase setenta anos. Talvez seja dessa época a lembrança de d. Nena Arantes. Sempre associando Ercilia e Estella, e frisando que ouviu falar pouco das irmãs, recorda-se que tinham ideias muito avançadas para a época, falavam alto e forte e eram exageradas, modernas, no se vestir e pintar.

É a partir dos livros que sabemos de Ercilia nos anos que se seguem até meados da década de 1920: frequentava o teatro no Rio de Janeiro, esteve na França (1920) e em Buenos Aires. Conheceu prostitutas, ouviu-lhes as queixas e confidências, bases para os seus livros. Apaixonada por poesia, leitora de jornais e revistas da época, dos quais possuía uma coleção de recortes, Ercilia conhecia autores estrangeiros em voga, como Anatole France, Nietzsche, Victor Margueritte, Binet, Jean Marestan, além de Flaubert e Zola, como também escritores nacionais contemporâneos, destacando-se dentre eles Monteiro Lobato, Júlia Lopes de Almeida, Fernando de Azevedo e Mario Pinto Serva.

O testamento feito em 1929, em São Paulo, no 13º Tabelião de Notas, e conservado por uma sobrinha, nos dá mais algumas informações: tinha 38 anos, era solteira, não possuía filhos. Elegeu como herdeira sua irmã Estella, alegando que, por esta ser solteira, os bens recebidos por herança ficariam com ela e com a mãe, sem passar às mãos de nenhum homem (leia-se: cunhado ou irmão).

Desde 1929, todos os negócios de Ercilia, incluindo-se a propriedade de uma casa, estavam sob os cuidados do corretor Haroldo Soares Caiuby, cujo escritório ficava na Praça da Sé, em São Paulo.

As relações com a família tornaram-se tensas, Ercilia não era recebida pelo irmão. A cunhada foi obrigada a deixar a casa da sogra, com o filho pequeno doente, quando soube que Ercilia ia visitar a mãe, em Tambaú. Mãe e filha continuavam, no entanto, a se ver, telefonar e escrever. D. Zina conservava uma foto das filhas mais velhas, escondida por detrás da porta do armário.

Vamos reencontrá-la em 1934, aos 43 anos, em Caxias do Sul. Ercilia, em carta para a mãe, afirma que se mudou para lá devido ao clima. Aí, se chamava Suzana Germano. Para a Pensão Royal é que a mãe deveria mandar a correspondência.

Tentar recuperar a passagem de Ercilia por Caxias partindo-se das informações fornecidas à mãe é muito difícil. Para a maioria dos velhos moradores da cidade, Pensão Royal e Suzana Germano nada significavam. Identificada por Suzy do Royal, logo vem à lembrança a pianista, culta e temperamental, mulher elegante, sempre vestida de *tailleur* escuro com chapéu de feltro e uma pasta, que todas as tardes ia sentar-se na praça e ler um jornal ou uma revista.

Suzy teria vindo do Rio e quando chegou foi ser pianista da Jovina, dona de um conhecido *dancing* da região. A casa de diversões, de que era proprietária e à qual se refere em carta para a irmã Marina (Caxias do Sul, 10 mar. 1938), era na realidade um cabaré. O Royal localizava-se na rua Bento Gonçalves, onde se situava a zona de meretrício, com seus cabarés e casas de cômodos. Não era o maior em tamanho, nem de movimento, nem mesmo aquele que possuía mais mulheres. Era uma casa apreciada pelos frequentadores menos abastados, pois não eram obrigados a consumir o "moscatel". Tinha dança, orquestra e mesas — o salão do "jazz" —, cozinha e, na entrada, porteiro e chapeleiro. Havia também quarto para as mulheres, mas não havia banheiro com chuveiro: usava-se a bacia. Era um chalé de madeira, de dois andares, com sótão em cima, o que é muito comum na região.

"Suzy não era prostituta", me disseram. Era uma mulher fina, que se vestia com elegância, sem espalhafato. Seu quarto era sempre fechado, não saía de lá nem para almoçar, e não era vista em companhia de homem. Um músico que dava canja no Royal jamais chegou a trocar duas palavras com ela!

Os relatos sobre a mulher "temperamental" se sucedem: "Quando não tinha movimento, ela ficava batendo no teclado do piano e punha todo mundo para fora [...], em outra ocasião, faltando fregueses, subiu no sótão e gritou – fogo! –, juntando-se assim uma multidão [...] tinha horror por arma de fogo. Quando alguém aparecia armado no Royal ela não tocava mais piano, chegando a ficar vários dias sem aparecer [...], às vezes, parecia uma viciada".

Reservada, temperamental, de uma ironia fina, uma mulher de comportamento um tanto assustador, uma "socialista" avançada é a Suzy lembrada com saudades pelo ex-amante: "O que eu não daria para ter uma mulher como ela, hoje, ao meu lado", confidenciou. Ele a conhecia como Suzana Germano. Desconfiava que fosse escritora, mas ela nunca admitiu, pois recusava falar de si. Mesmo os negócios de Suzy ele desconhecia, tanto que causou surpresa saber, por mim, que ela era proprietária do Royal, pois acreditava que fosse apenas pianista.

No tempo que morou em Caxias, Ercilia teve duas perdas na família, a irmã Estella (1934) e a mãe (1935), perdas essas que foram muito choradas nas cartas que escreveu às irmãs Marina e Noemia: Ercilia esperava que Estella, que morava então no Rio de Janeiro, viesse ajudá-la no Royal.

Nas cartas trocadas com a mãe, inicialmente, depois com as irmãs, Ercilia mostra uma preocupação muito grande com a morte. O túmulo da irmã Estella no cemitério de São João Batista, no Rio de Janeiro, passa a ser o principal assunto. A impossibilidade de Ercilia viajar ou enviar dinheiro para a construção de uma lápide faz com que ela reitere inúmeras vezes o pedido para que sua irmã Marina cuidasse disso, pois, quando viesse a falecer, queria ser aí enterrada.

O pedido de empréstimo de dinheiro, a reclamação do aumento dos impostos, o desejo de mudar-se para Porto Alegre e abrir um restaurante, bem como a preocupação em informar a família sobre os bens (enviando para a irmã, por exemplo, a nota da compra de um rádio), traduzem a situação econômica difícil em que Ercilia vivia[39] e que, por fim, a levou de fato a perder em Hasta Pública a propriedade do Royal.

---

39 Carta para a irmã Marina. Caxias do Sul, 10 mar. 1938.

A partir de 1936, Ercilia passou a atrasar os impostos, chegando a dever à Prefeitura de Caxias, até o exercício de 1938, somando impostos, taxas e multas, 2:352$000 (2 contos e 352 mil-réis). Pelo não pagamento da dívida, que aumentava ano a ano, a penhora foi executada e a propriedade foi arrematada em 1942, por Hugo Argenta, na realidade um testa de ferro do escrivão Heitor Curra.

A década de 1930 é um período de desenvolvimento urbano de Caxias. As ruas do centro são macadamizadas. Reclamações devido ao barulho e violência da "zona", tão central, eram frequentes, fosse pelos jornais, fosse através de abaixo-assinados dos vizinhos, o que levou à sua mudança na década de 1940 para uma região mais afastada e desvalorizada, nas proximidades do cemitério (hoje, a "zona" situa-se na periferia da cidade).

No processo movido pela Prefeitura de Caxias, Ercilia Nogueira Cobra é dada em 1938 como "residente nesta". Em 10 de julho de 1940, o oficial de Justiça Evandro Reis certifica que a mesma não reside naquela cidade.[40]

Maria Walter, que morou com ela no Royal, disse que, embora fechado, Suzy continuou vivendo lá por algum tempo. Em Caxias ninguém soube dizer ao certo o que teria lhe acontecido

---

40 Juízo de Direito da Comarca de Caxias do Sul (Rio Grande do Sul), 1939, n. 127 – Executivo Fiscal.

depois disso. Talvez tivesse ido com a Zica[41] para São Leopoldo, talvez tivesse ido fazer um tratamento de nervos em São Paulo...

De d. Maria Custódia Mucci, uma parenta distante, do ramo Nogueira Cobra de Baependi, é que são as informações dos anos que se seguem. Durante o Estado Novo, Ercilia teria sido presa: "Ela esteve presa aqui em São Paulo, esteve presa no Rio, esteve presa no Paraná e esteve presa no Rio Grande do Sul. Porque o DIP [*sic*][42] pegava e não soltava mais; ela estava desesperada. Uma vez ela tentou se matar [...] ela foi interrogada durante a noite, sempre nua, sempre muito maltratada; porque o interrogatório dela todo girava sobre sexo, ninguém interrogava a opinião política dela, ninguém queria saber; só queriam saber o que ela pensava dos homens, os homens estavam muito machucados com a opinião dela [...] a visão que eles tinham é que ela era uma ameaça tremenda. Porque, se ela levantasse as mulheres naquela época, eles tinham a impressão de que iam derrubar o regime [...] ela mudou de nome e fugiu para o Paraná. Essa foi a última notícia que nós tivemos dela [...]. Ela tinha um estancieiro, além da fronteira do Paraguai".

---

41 Provavelmente Zina, mãe de Ercilia.
42 Maria Custódia Mucci se refere ao DIP (Departamento de Imprensa e Propaganda) e ao DOPS (Departamento de Ordem Política e Social) indiscriminadamente.

Uma das vezes em que Ercilia teria sido presa em São Paulo, ela teria ido para o presídio Maria Zélia – para onde iam as pessoas consideradas comunistas – e, por interferência de familiares de d. Maria Custódia Mucci, que trabalhavam na polícia, ela teria sido transferida, logo em seguida, para o Departamento Estadual de Investigações Criminais (DEIC). Não foi possível levantar informações sobre ela no DEIC. Nos arquivos do DOPS, pesquisados por duas pessoas que trabalham lá dentro, nada foi encontrado.

A experiência vivida por Ercilia durante o Estado Novo, relatada por d. Maria Custódia, é muito semelhante àquela pela qual passou Luiz Martins, jornalista carioca que morou vários anos em São Paulo. Em suas memórias[43], o escritor conta que por causa do seu livro *Lapa*, no qual relata a vida do meretrício naquele bairro do Rio de Janeiro, ele foi denunciado ao DOPS, chegando a receber ordem de prisão, fato que não ocorreu devido à interferência de Carlos Drummond de Andrade, que trabalhava, então, com o ministro Capanema[44].

---

43 Luiz Martins, *Um bom sujeito*. São Paulo: Sec. Mun. de Cultura do Mun. de S. Paulo; Paz e Terra, 1983, pp. 54-63.
44 Gustavo Capanema (1900-1985) foi ministro da Educação entre 1934 e 1945, no primeiro período do governo Getúlio Vargas.

ENCONTRO/DESENCONTRO:
CRIADOR E CRIATURA

Desde que li *Virgindade inútil* pela primeira vez me preocupei com as razões que teriam levado Ercilia não só a buscar, mas também a vivenciar outros caminhos, sobretudo numa época em que as vozes discordantes sobre a importância da família, do casamento e da maternidade eram restritas.

Baseando-se nos depoimentos de parentes, a trajetória de vida de Ercilia seria explicada, em parte, pela revolta, quando a família perdeu a fortuna, o que a obrigou a viver confinada na fazenda, em um ambiente econômico, social e cultural muito mais limitado do que aquele com o qual estava acostumada.

Mais do que uma certeza, no caso de Ercilia e de outras mulheres que se destacaram fora do lar, a orfandade e a educação diferenciada são hipóteses que precisam ser levadas em conta no estudo das suas trajetórias de vida.

No passado, mais do que no presente, quando a mulher era vista como menor e incapaz, os laços que ligavam pai-filha eram tão fortes quanto aqueles que ligavam marido-mulher. A perda da proteção econômica e moral, tanto do pai como do marido, provocava grandes modificações na vida das mulheres, caso não tivessem de se submeter à tutela de outros parentes do sexo masculino, principalmente irmãos mais velhos. George Sand (pseudônimo de Amandine Aurore Lucile Dupin) é um exemplo: depois de separada do marido e com a custódia dos filhos, para sobreviver decorou velas e caixas, e só posteriormente se dedicou à literatura. Carmen da Silva, em *Histórias híbridas de uma senhora de respeito* (1984), afirma que já órfã de pai, após a morte da mãe, deixou o Rio Grande, sua cidade natal, mudando-se para Montevidéu;[45] Helena Silveira, em seu livro de memórias, afirma que conseguiu romper com o marido somente depois que perdeu o pai.[46] Luz, personagem do romance *Vertigem* (1926), de Laura Villares, filha única de um fazendeiro da região de Avaré, mudou-se para São Paulo quando ficou órfã de pai.[47] Da mesma forma, Ercilia e Estella deixaram a família tão logo o pai falecera.

Sérgio Miceli, em *Poder, sexo e letras na República Velha*, ao estudar a trajetória social de uma categoria de literatos, associa o ingresso na carreira literária "socialmente definida como feminina", entre outros *handicaps* sociais, à morte do pai e à falência material da família.[48] Para as mulheres, no entanto, parece que ocorria justamente o inverso,

---

45 Carmen da Silva, *Histórias híbridas de uma senhora de respeito*. São Paulo: Brasiliense, 1984.
46 Helena Silveira, *Paisagem e memória*. São Paulo: Sec. Mun. de Cultura do Mun. de S. Paulo; Paz e Terra, 1983.
47 Laura Villares, *Vertigem*. São Paulo: Antonio Tisi, 1926.
48 Sérgio Miceli, *Poder, sexo e letras na República Velha*. São Paulo: Perspectiva, 1977, pp. 25, 21.

ou seja, [a independência ocorria] quando se dava a entrada no mundo dito masculino: o profissional.

Quanto à educação de Ercilia — colégio interno de freiras quando ela tinha entre 11 e 12 anos, aulas de piano e escola normal primária —, ela é semelhante àquela da maioria das moças de sua geração pertencentes à classe média. Mas o caso de Ercilia e Estella reúne ainda os seguintes fatos: elas possuíam uma mãe educada (d. Zina teria estudado no colégio Albion); acesso aos livros da biblioteca do pai, onde a irmã Noemia, também escritora e anticlerical, teria aprendido a ler; além da educação adquirida com a governanta estrangeira e a oportunidade de ter viajado para a Europa.

Sobre o colégio interno de religiosas em que Ercilia estudou, temos notícias apenas através dos seus livros. Como ela mesma afirma, isso pouco acrescentou à sua formação, o que coincide com os dados levantados sobre o ensino ministrado nas escolas religiosas, por Wanda Rosa Borges. Ao se referir aos colégios dirigidos pelas irmãs de São José, destinados às famílias de elite, a pesquisadora afirma que a instrução visava dar à mulher os "predicados de boa mãe e de prestimosa dona de casa. Limitava-se à instrução primária, dando ênfase aos trabalhos manuais. O preparo para a vida social resumia-se em dar à aluna condições de ler, escrever, conhecer aritmética. A língua francesa, música vocal e instrumental eram ministradas no sentido de 'atributos'".[49]

Quanto à escola normal, Ercilia veio a frequentá-la já moça feita, entre 23 e 27 anos. Suas colegas de classe eram muito jovens. D. Aparecida Arantes [uma delas, já citada anteriormente] chegou a aumentar a idade, para 14 anos, a fim de matricular-se no primeiro ano da Escola Normal Primária de Pirassununga. Discutindo de igual para igual com os professores, replicando em francês com o mestre que a tomara por uma "interiorana", primeira aluna da classe e tendo uma relação "professoral" com as colegas, a influência da escola normal na sua formação deve ter sido menor do que para muitas de suas contemporâneas que se destacaram como escritoras e/ou feministas.

Um levantamento nos títulos dos livros da biblioteca do pai de Ercilia – advogado formado pela Faculdade do Largo São Francisco, promotor público e deputado estadual – deveria ser esclarecedor para entender como se deu a formação da escritora e situar as suas ideias. O destino dessa biblioteca é incerto. Em carta à irmã Noemia,[50] Ercilia pede, após a morte da mãe, que os livros, quadros e retratos fossem guardados, sendo que ela

---

49 Wanda Rosa Borges, *Seminário de meninas órfãs e educandas de Nossa Senhora da Glória (1825-1935)*. [S. l.: s. n.], 1973, p. 137. [Tese de Doutoramento FFCL de Rio Claro].
50 Caxias do Sul, 22 jan. 1935.

ficaria com os livros mais valiosos. Depoimento de familiares confirmam que essa biblioteca fora dada como queimada pela avó Zina, ao saber que a fazenda Parahyba tinha sido penhorada pelo marido.

As famílias paulistas de elite não raro possuíam bibliotecas em suas fazendas. Monteiro Lobato, referindo-se à biblioteca do avô, menciona a existência de livros de história, geografia, filosofia, além de várias coleções de revistas. Eduardo Prado possuía, no início do século XX, uma biblioteca contendo mais de 12 mil volumes, e a própria Ercilia descreve o manuseio de livros de medicina por suas colegas de colégio de freira, numa dessas bibliotecas domiciliares.

Não se pode reduzir a leitura das mulheres, no início do século XX, exclusivamente aos folhetins e romances. Basta relacionar os autores citados nos livros de algumas escritoras como Maria Benedita Bormann (Délia), Ignez Sabino, Júlia Lopes de Almeida, Albertina Berta, Maria Lacerda de Moura[51] e da própria Ercilia, entre outras, para perceber a diversidade e atualidade de suas leituras.

Apesar da censura à leitura imposta às mulheres por muitas famílias – e pela Igreja Católica através de verdadeiros índex nacionais, como aquele do padre Sinzig, publicado em 1923 pela

---

51 Maria Lacerda de Moura, *Religião do amor e da beleza*. 2. ed. São Paulo: O Pensamento, 1929.

editora Vozes —, os livros acabavam por cair em suas mãos.

Por outro lado, os pais de família educados na Europa, trazendo na bagagem uma educação mais liberal ou mesmo formados nos bancos das faculdades de direito, medicina e engenharia do país, franqueavam a leitura às mulheres da casa. Apesar de reprovar a leitura de Oscar Wilde pela filha adolescente, Helena S. Castro de Azevedo, em seu livro de memórias, conta que seu pai não lhe tirou o livro das mãos.[52]

No que se refere à formação de Ercilia, outras duas questões precisam ser consideradas: a presença da governanta estrangeira na família e a experiência de viajar para a Europa.

Luz, personagem de *Vertigem*, de Laura Villares, fala sobre sua governanta: "recorda-se de sua figura alta e elegante, de seu cabelo ruivo, que exalava ao mínimo movimento uma onda de perfume. Lembra-se de como ela gostava de vestir-se de homem e uma vez a senhora, em uma de suas visitas, ficou escandalizada, porque a encontrou de pijama lilás a fumar *cigarettes* repoltreada na cadeira de balanço". Modos desenvoltos, possuidora de inteligência rara, leitora de romances, inflexível na hora das aulas, refinada, elegante são as lembranças que Luz tem da governanta. Com ela teria aprendido

---

52 Helena S. Castro de Azevedo, *Uma vida como outras*. São Paulo: Anhembi, 1955, p. 170.

quatro línguas e "as ciências necessárias", sem contar o piano e o canto, o que permitiu que ganhasse a subsistência quando ficou sem recursos.[53]

Provenientes em geral da França e da Alemanha, possuindo uma vivência mais urbana, liberal e laica (o próprio fato de se aventurarem sozinhas para um país estrangeiro onde as mulheres das classes privilegiadas mal tinham começado a sair desacompanhadas), essas mulheres alcançaram muitas vezes um papel de preponderância nas famílias para as quais trabalharam – a Fräulein de Mário de Andrade em *Amar, verbo intransitivo* é mais um exemplo –, daí a necessidade de se investigar o papel que elas tiveram na educação dos(as) brasileiros(as) de elite.

O estudo da biografia de algumas mulheres do período que romperam com os padrões de comportamento ditos femininos – feministas ou não – possui em comum, ainda, o fato de elas terem viajado ou estudado na Europa. A pintora Tarsila do Amaral talvez seja o exemplo mais conhecido. Existem outros: a médica Carlota Pereira de Queiróz, única representante na Constituinte de 1934, e a incansável Bertha Lutz. Ercilia, segundo depoimento de d. Nena Arantes, teria viajado para a Europa juntamente com Estella, ainda no início do século XX; a própria escritora refere-se, em *Virgindade anti-higiênica*, à viagem que fez à

---

53 Villares, op. cit., pp. 9-10.

França no período pós-guerra. É para lá também que partem Cláudia e sua filha Liberdade, personagens de *Virgindade inútil*.

Concluindo: é impossível não se notar as semelhanças entre a trajetória de vida da personagem e a da escritora. O horizonte limitado pela falta de educação profissional, ou melhor, a educação voltada para o desenvolvimento de habilidades consideradas femininas, não fez com que Cláudia sucumbisse ao destino que lhe estava reservado por seus antepassados, pois ela se rebela contra os padrões de comportamento tornando-se uma "reles" prostituta. Assim também aconteceu com Ercilia. Sua educação diferenciada de moça de elite acabou por lhe dar uma profissão: a de escritora.

Seria *Virgindade inútil* autobiográfico? É esse o segredo guardado a sete chaves? Talvez esteja aí o fio da meada e o que explica a sua marginalização como escritora, a identificação como pornográfica e a dificuldade de se recuperar a história de sua vida e obra através dos relatos de familiares, da imprensa da época e das obras que tratam do período.

Se a criatura foi criada à imagem e semelhança do criador, ela, criatura, lhe escapou das mãos e certamente imprimiu a sua marca e modificou o destino do criador. Até a publicação dos livros, Ercilia se recusou a usar pseudônimo. Com cerca de 43 anos, sem o apoio familiar ou de um casamento que lhe desse respaldo social e econômico, sem o reconhecimento de grupos políticos e feministas, marginalizada como escritora, acusada de pornográfica, refugiou-se em Caxias do Sul e trocou de identidade.

O final da história de Ercilia/Suzy eu não sei. Termino aqui acreditando nas palavras da filha ditas à mãe: "Relativamente fui uma pessoa feliz. Fiz o que quis na vida, e continuo fazendo o que quero! Os preconceitos estúpidos desta sociedade em decadência à qual a senhora pertence nunca me incomodaram"[54].

---

54 Caxias do Sul, 27 set. 1934.

MARIA LÚCIA DE BARROS MOTT (1948-2011) foi historiadora, pesquisadora e feminista. Atuou na investigação historiográfica da obstetrícia e da enfermaria obstétrica, sobretudo no estado de São Paulo. Coordenou o projeto "Memórias de nascimento: parteiras e a atenção do parto na cidade de São Paulo (1930-1980)" e esteve à frente do Museu de Saúde Pública Emílio Ribas. Em seus últimos anos, foi pesquisadora do Instituto Butantan.

Este texto foi publicado originalmente nos *Cadernos de Pesquisa* da Fundação Carlos Chagas (São Paulo, n. 58, pp. 89-104, ago. 1986).

Posfácio: Escrita do corpo, escrita feminista
GABRIELA SIMONETTI TREVISAN

"É preciso que a mulher se escreva", diz Hélène Cixous logo na abertura de seu famoso ensaio, *O riso da Medusa*, de 1970. É necessário que "a mulher escreva sobre a mulher", ação da qual elas "foram afastadas tão violentamente quanto o foram de seus corpos"[1]. É na literatura, na escrita, que o corpo das mulheres fala. Segundo Cixous, a literatura é o espaço do novo, da rebeldia, da transformação. A imaginação traz à tona o que ainda não existe na realidade, diz ela.

E é partindo de premissas similares, quase cinquenta anos antes, que Ercilia Nogueira Cobra escreve a liberdade dos corpos das mulheres: "O seu corpo martirizado de desejos insatisfeitos será livre", clama. E conclui:

> O amor físico é tão necessário à mulher como o comer e o beber. Se assim não fosse a natureza criá-la-ia neutra: sem sexo e sem imaginação. [p. 11]

---

1 Hélène Cixous. *O riso da Medusa*. Rio de Janeiro: Bazar do Tempo, 2022, p. 41.

Prazer e fantasia, aspectos tão caros a essa feminista na transformação da cultura patriarcal e que foram associados à natureza, à irracionalidade e, logo, ao polo mais fraco da lógica binária moderna: o feminino.

Como afirma Maria Lúcia de Barros Mott, não se sabe com precisão a trajetória de Ercilia, mas, de seus escritos, depreende-se uma postura irreverente, progressista e transgressora, a qual atravessa seus dois livros publicados: *Virgindade anti-higiênica*, de 1924, e *Virgindade inútil*, de 1927. Ambos se debruçam sobre temas semelhantes, isto é, o aprisionamento das mulheres pela moral normativa, cristã e aburguesada que as convocava à abnegação e, ao mesmo tempo, estipulava a prostituição como um lugar de desvio moral e biológico.

Em *Virgindade inútil*, a escritora cria um mundo ficcional profundamente patriarcal cuja satirização está presente desde o nome do país imaginado, a "Bocolândia", metáfora para o Brasil, habitada pela sua população de "bocós". No enredo, a protagonista Cláudia é educada como todas as outras meninas de sua época, isto é, para servir aos homens. Indignada com as hipocrisias sociais, a personagem parte para a cidade grande e experencia a prostituição, vivenciando as mais adversas situações e experimentando a raiva e a mágoa, mas também o desejo e o erotismo.

Para refletir sobre a força que movimenta as críticas indignadas de Ercilia, vale destacar que, desde o século XIX, consolida-se no Brasil uma formação discursiva médico-cientificista profundamente misógina e racista, a qual produziu categorizações e estigmatizações sobre os corpos individuais e sociais. Como destaca Margareth Rago, nascia nesse período a "rainha do lar" e "tudo que ela tem a fazer é compreender a importância de sua missão de mãe"[2]. Dicotomicamente, àquelas que se desviassem de sua "missão biológica" restavam os rótulos da degeneração, da perversão e da patologia. Como escreve a própria Ercilia, "os homens dividiram a mulher em duas categorias de servas: prostitutas obrigadas pela fome a dar-lhes gozo; esposas para lhes trazer o dote e lhes servir de dona de casa e enfermeira" [p. 66].

Nessa mesma direção, o meretrício se tornaria alvo dos investimentos sanitaristas, encarado como espaço de doenças a ser higienizado, uma visão científica atualizada do pensamento cristão desde pelo menos Santo Agostinho, para quem as prostitutas eram um "mal necessário". "Delinquentes natas", como aponta o frenologista Cesare Lombroso, inspiração para os doutores brasileiros da época, as meretrizes teriam sua sexualidade insubmissa inscrita em seus corpos, sendo prova viva da inferioridade natural das mulheres, suscetíveis

---

[2] Margareth Rago, *Do cabaré ao lar: A utopia da cidade disciplinar e a resistência anarquista, Brasil 1890-1930*. São Paulo: Paz e Terra, 2014.

às mais leves oscilações. Irracionais demais, demasiado corpóreas, extremamente próximas da natureza: argumentos que eram evocados por renomados cientistas para excluir sistematicamente as mulheres do acesso à cidadania.

Contudo, como escreve Michel Foucault, "onde há poder, há resistência"[3]. Ercilia foi uma das vozes dissonantes que se recusaram a enquadrar a vida das mulheres em estigmas misóginos consolidados na modernidade e que desestabilizaram as categorias binárias e excludentes que buscavam relegar ao feminino o espaço da inferioridade biológica. E ela não estava sozinha. Outras diversas feministas, na sua multiplicidade, ganhavam as páginas de jornais, publicavam, faziam palestras, militavam, escreviam e declamavam. Na mesma época, viviam escritoras de diferentes posicionamentos políticos, mas que possuíam em comum a luta pela libertação do que Ercilia intitulava "escravidão da mulher", uma vez que se garantia às meninas, quando muito, apenas a educação voltada para a domesticidade, a castidade e a submissão.

Como pontua Norma Telles, essa aproximação da ideia de escravidão à desigualdade entre os gêneros no século XIX e início do XX era uma metáfora frequente das escritoras, para quem o ato de escrever pressupunha uma "revisão do processo

---

3 Michel Foucault, *História da sexualidade I: A vontade de saber*. São Paulo: Paz e Terra, 2020, p. 104.

de socialização", bem como um "enfrentamento do inconsciente invadido pela situação objetiva de dependência do homem", resultando na sua autoidentificação com outras vítimas de opressão.[4] É por isso que boa parte delas, no período, não só se posicionava ao lado da causa abolicionista, como publicava textos militantes, a exemplo da pioneira Nísia Floresta, de Maria Firmina dos Reis e Júlia Lopes de Almeida. Já no pós-abolição, assim como Ercilia, a irreverente editora do jornal feminista *A Família* (1888-1898), Josephina Álvares de Azevedo, utilizava também a comparação com a lógica escravocrata logo na abertura de seu periódico, ao afirmar que "a consciência universal dorme sobre uma grande iniquidade secular – a escravidão da mulher"[5].

É possível traçar diálogos, também, entre Ercilia e Maria Lacerda de Moura, feminista anarquista que publicou diversos livros teóricos no início do século XX, defendendo o amor livre e questionando a moral cristã e o pensamento científico. Em *A mulher é uma degenerada?*, de 1924, por exemplo, Maria Lacerda afirmava lutar "contra a opinião antifeminista de que a mulher nasceu exclusivamente

---

4 Norma Telles, "Rebeldes, escritoras, abolicionistas". *Revista de História*, São Paulo, n. 120, pp. 73-83, jan.-jul. 1989.
5 Josephina Álvares de Azevedo, *A Família*, jornal litterario dedicado à educação da mãe de família. São Paulo; Rio de Janeiro, p. 1, 15 out. 1897 (disponibilizado pela Hemeroteca Digital da Biblioteca Nacional).

para ser mãe, para o lar, para brincar com o homem, para diverti-lo"[6]. Assim, a dimensão corporal, para ambas, poderia ser espaço político de transgressão para as mulheres, pois, se é o corpo que é alvo da normatização social, também é ele que escapa, que se rebela e que não pode ser totalmente capturado. Ao negar a restrição das existências femininas e a maternidade compulsória, Ercilia e Maria Lacerda se encontram na reivindicação dos prazeres como forma de implosão da cultura patriarcal.

Também a escritora Chrysanthème, pseudônimo de Cecília Moncorvo Bandeira de Melo Vasconcelos, publicava entre os anos 1920 e 1930 uma série de romances e contos recheados de ironia e abordando a sexualidade feminina. Em *Enervadas*[7], de 1922, a protagonista é diagnosticada como nervosa por se mostrar descontente diante do modelo de vida burguês e da "ideologia da domesticidade". Assim, abandona um casamento infeliz, encontra um amante e acompanha as aventuras sexuais de suas amigas, afirmando que, se todas possuíam ímpeto de viver, eram todas, enfim, "enervadas" como ela. Já Gilka Machado, desde a década de 1910, abriu caminhos para a autoria erótica feminina, tratando do desejo e do corpo das mulheres. Em *Meu glorioso pecado*, de 1928, escreve ela

---

6   Maria Lacerda de Moura, *A mulher é uma degenerada?*. São Paulo: Tenda de Livros, 2018, p. 62.
7   O romance foi publicado pela Carambaia em 2019.

"O meu amor por ti é uma noite de lua,/ misto de ódio e paixão com que repilo e quero/ todo o teu ser do modo mais sincero, fugindo-te e sonhando, a cada instante,/ palpitante/ de gozo/ meu corpo amado e amante"[8]. Aqui, Gilka nos brinda com a poetização dos prazeres, que escapam e que constituem um espaço de fruição, uma dimensão erótica que explode e não pode ser aprisionada.

Portanto, é possível perceber que Ercilia usava da pena em um momento em que as mulheres se apropriavam da *criação* e se recusavam a ser apenas *reprodução*. Se eram elas associadas ao corpo e à natureza, também se apropriavam desses rótulos e os torciam, reinventando a si mesmas, propondo modos feministas de existência. Ainda assim, vale reforçar a unicidade da escritora, sua crítica ácida e sua escrita traspassada pela corporeidade insubmissa. Se sua palavra foi, durante muito tempo, vítima de um silenciamento moralista, sua recuperação é propícia ao mundo atual, atravessado por um pensamento neoliberal individualista, que tenta tornar o corpo espaço de intervenções para melhoramento na competição capitalista. E, como afirma Telles, é dever ético da crítica feminista "recuperar o potencial emancipatório dos textos que lê e relê", abrindo espaços

---

[8] Gilka Machado, *Meu glorioso pecado*. Rio de Janeiro: Almeida Torres & C., 1928, p. 27.

para as práticas de liberdade, libertando a linguagem da hegemonia falocêntrica.[9]

A voz combativa de Ercilia constrói uma crítica criativa e ácida à cultura patriarcal, fazendo do humor uma estratégia de deslegitimação de uma formação discursiva científica misógina, mas que bebia – e ainda bebe, muitas vezes – no pensamento cristão e conservador. Como pontua Virginia Woolf, "o humor [...] é negado às mulheres", porém, estando além das palavras, deveria ser resgatado por elas, pois o riso proporcionaria a capacidade de ver as coisas "como elas são", atuando como uma faca que "poda" e dá "simetria e sinceridade" às ações e à escrita.[10] Em outras palavras, o riso desestabiliza, desnaturaliza, movimenta e recria, dimensões que encontram ressonância na crítica feminista.

Ercilia escreve o corpo, por um lado cerceado, mas, por outro, espaço de prazer. Escreve a crítica em toda a sua raiva, mas também escreve o humor, a leveza do deboche e a exposição irônica das hipocrisias sociais. Enfim, leva à prática a máxima de Cixous: "escreva-te: é preciso que seu corpo se faça ouvir"[11], afinal, uma mulher sem corpo não será uma boa combatente. E os corpos das mulheres, ao

---

9 Norma Telles, "Fragmentos de um mosaico: Escritoras brasileiras no século XIX". *Labrys: Estudos feministas*, n. 8, 2005.
10 Virginia Woolf, "O valor do riso". In: *O valor do riso e outros ensaios*. São Paulo: Cosac Naify, 2015, pp. 34-39.
11 Hélène Cixous, op. cit., p. 51.

se recusarem a renunciar a si mesmas, carregam a potência da transformação. Como grita Ercilia das páginas de *Virgindade inútil*, "todos sabem que o sexo, longe de governar, desgoverna" [p. 105]. Pois que nos desgovernemos.

GABRIELA SIMONETTI TREVISAN é historiadora e doutoranda em História pela Unicamp, na área de Cultura, Memória e Visualidades. Dedica-se ao estudo da poética feminista e da literatura brasileira de autoria feminina. Também é graduanda em Letras e professora do Ensino Básico. É autora do livro *A escrita feminista de Júlia Lopes de Almeida* (2021), fruto de sua dissertação de mestrado.

PREPARAÇÃO Paulo Sergio Fernandes
REVISÃO Ricardo Jensen de Oliveira e Huendel Viana
CAPA Gabriela Heberle
PROJETO GRÁFICO DE MIOLO Bloco Gráfico

EDITORIAL
Fabiano Curi (diretor editorial)
Graziella Beting (editora-chefe)
Livia Deorsola (editora)
Kaio Cassio (editor-assistente)
Karina Macedo (contratos e direitos autorais)
Laura Lotufo (editora de arte)
Lilia Góes (produtora gráfica)

COMUNICAÇÃO E IMPRENSA Clara Dias
COMERCIAL Fábio Igaki
ADMINISTRATIVO Lilian Périgo
EXPEDIÇÃO Nelson Figueiredo
ATENDIMENTO AO CLIENTE Meire David
DIVULGAÇÃO Rosália Meirelles

EDITORA CARAMBAIA
Av. São Luís, 86, cj. 182
01046-000 São Paulo SP
contato@carambaia.com.br
www.carambaia.com.br

copyright desta edição © Editora Carambaia, 2022.
copyright © Ercilia Nogueira Cobra, 1927.
Apesar de extensa pesquisa, não foram encontrados os detentores dos direitos da autora, cuja data de falecimento segue desconhecida.
© Maria Lúcia Barros Mott, "Biografia de uma revoltada: Ercilia Nogueira Cobra". Publicado com a permissão da Fundação Carlos Chagas, 1986.

CIP-BRASIL. CATALOGAÇÃO NA PUBLICAÇÃO
SINDICATO NACIONAL DOS EDITORES DE LIVROS, RJ

C589v
Cobra, Ercilia Nogueira, 1891-?
Virgindade inútil: novela de uma revoltada /
Ercilia Nogueira Cobra; Biografia de uma revoltada /
Maria Lúcia de Barros Mott;
posfácio Gabriela Simonetti Trevisan.
1. ed. – São Paulo: Carambaia, 2022.
176 p.; 19 cm

ISBN 978-65-86398-73-1

1. Romance brasileiro. I. Mott, Maria Lúcia de Barros, 1948-2011. II. Trevisan, Gabriela Simonetti.
III. Título: Biografia de uma revoltada. IV. Título.

22-77114   CDD: 869.3   CDU: 82-31(81)
Meri Gleice Rodrigues de Souza – Bibliotecária CRB-7/6439

ilimitada

FONTE
Antwerp

PAPEL
Pólen Natural 80 g/m²

IMPRESSÃO
Geográfica